나생문

아쿠타가와 류노스케

소와다리

夏目漱石先生の霊前に献す

나쓰메 소세키 선생님 영전에 바침

芥川龍之介

아쿠타가와 류노스케

(1892~1927)

다이쇼 시대를 대표하는 근대 일본의 소설가

1892년 3월 1일, 도쿄의 우유 제조판매업자 니하라 도시조의 아들로 태어났으나 아버지의 사업 실패와 어머니의 정신병으로 양육이 어렵게 되자 12세 되던 해에 외삼촌의 양자로 들어 갔고, 이때부터 외가 쪽 성인 '아쿠타가와'를 쓰게 되었다.

1913년 도쿄제국대학 문과대학 영문학과에 입학, 1914년 고등학교 동기 기쿠치 간 등과 함께 문학동인지 「신사조」를 간행, 필명으로 소설을 발표하여 작가활동을 시작하였으며, 1915년 대표작 『라쇼몽』을 본명으로 발표한 것을 계기로 나쓰메 소세키 문하로 들어갔다. 널리 알려진 작품의 대부분은 단편이며 고전에서 소재를 취한 것이 많은데, 인간 내면의 이기적이고 모순된 심리를 주제로 하고 있다.

1921년, 오사카 마이니치신문 취재기자로 중국에 체류하면서 집필을 잠시 멈추었고, 스트레스와 갖가지 병에 시달리며 4개월을 채우지 못했다. 이때 얻은 것으로 생각되는 신경쇠약은 끝내 회복되지 못하고 만년에까지 이르렀는데, 그로 인해 그의 소설은 점차로 사소설적 경향을 띠게 되었으며, 이러한 심경이 소설 『톱니바퀴』에 나타나 있다.

1927년 7월 24일, 정신과 치료를 받던 중 몇몇 지인들 앞으로 편지와 원고, '미래에 대한 막연한 불안'이라는 내용의 유서를 남기고 다량의 수면제를 복용하여 자살하였다. 향년 35세.

그로부터 8년 후인 1935년, 일생의 친구이며 소설가이자 문예춘추 출판사 설립자인 기쿠치 간은 그의 업적을 기리기 위해 일본에서 가장 권위 있는 문학상으로 손꼽히는 '아쿠타가와 류노스케 상'을 제정, 촉망받는 신인 작가에게 이를 수여하도록 한 것이 현재까지 이르고 있다.

군간쌍안색

그대여 두 눈빛을 들여다보라

불어사무수

말하지 않으니 수심이 없는 것 같지만……

君看雙眼色

不語似無愁

目録

소설 『나생문』 출간 후 자택에서

羅
나
생
문
生
門

어느 날 저물녘의 일이다. 하인 한 명이 나생문_{羅生門} 아래에서 비

멎기를 기다리고 있었다. 넓은 문 밑에는 이 남자 말고 아무도 없다. 다만 여기저기

붉은 칠이 벗겨진 커다랗고 둥근 기둥에 귀뚜라미가 한 마리 앉아 있다. 나생문이 주_朱

작대로에 있으니, 이 남자 말고도 삿갓 쓴 아낙이나 두건 쓴 사내가 두셋쯤 더 비를

작大路

긋고 있을 법하다. 그렇지만 이 남자 말고는 아무도 없다.

어째서인고 하니, 지난 이삼 년, 도성에는 지진이라든가 회오리바람, 화재, 기근

京都

같은 재앙이 연이어 일어났다. 그런 연유로 장안의 황폐함이 예사롭지 않다. 옛 기록

洛中   飢饉

에 따르면 불상이나 불구를 때려 부수어 그 빨간 칠이나 금은박이 붙은 나무를 길바닥

仏具

에 쌓아두고 땔감으로 팔았다고 한다. 장안이 그 모양이니, 나생문 수리 따위는 애당

초돌아보는 이가 아무도 없었다. 그러자 그 몹시도 황폐함을 구실 삼아, 짐승이 산다. 도적이 산다. 그러다 마침내는 거둘 이 없는 시체를 이 문으로 가져와 버리고 가는 관습마저 생겼다. 그래서 해가 지면, 모두가 꺼림칙하게 여겨 이 문 근처로는 발길을 하지 않게 되고 말았던 것이다.

그대신 웬 수많은 까마귀들이 어디에선가 몰려왔다. 낮에 보면 그 까마귀가 몇 마리라 할 것 없이 원을 그리며 처마 끝 언저리를 울면서 날아다니고 있다. 특히 문 위 하늘이 저녁놀로 빨갛게 물들 때면 그게 참깨를 뿌린 양 또렷이 보였다. 까마귀는 물론 문 위에 버려진 죽은 이의 살점을 쪼아 먹으러 오는 것이다 —— 그렇긴 하지만 오늘은 시간이 늦은 탓인지 한 마리도 보이지 않는다. 다만 군데군데 무너져 내린, 그리고 그 무너진 틈새로 긴 풀이 자란 돌층계 제일 윗단에 까마귀 똥이 점점이 허옇게 들러붙어 있는 것이 보인다. 하인은 일곱 단짜리 돌계단 제일 윗단에 물 빠진 감색 덧옷을 깔고 앉아 오른뺨에 난 커다란 종기를 만지작거리면서 멍하니 내리는 비를 바라보고 있었다.

作者자자는 조금 전 「하인이 비 멎기를 기다리고 있었다」라고 썼다. 하지만 하인은 비가 멎어도 딱히 어떻게 하겠다는 목적은 없다. 평소라면 물론 주인에게 돌아가야 한다. 그러나 그 주인에게는, 너댓새 전 해고를 당했다. 앞에도 썼듯 당시 도성 거리는 그 황폐함이 예사롭지 않았다. 지금 이 하인이 오랫동안 모셔온 주인으로부터 해고를 당한 것도 실은 이 황폐함의 작은 여파임에 틀림없다. 따라서 「하인이 비 멎기를 기다리고 있었다」라고 하기보다도 「비에 갇힌 하인이 갈 곳 없어 어찌할 바를 모르고 있었다」라고 하는 게 적당하다. 게다가 오늘 날씨도 헤이안平安 시대를 살아가는 하인의 Sentimentalisme에 적잖이 영향을 주었다. 신시申時 지나서부터 내리기 시작한 비는 아직까지도 그칠 기미가 없다. 그래서 하인은 다른 건 제쳐두고 당장 내일 생계를 어떻게 하려고──말하자면 어찌 할 도리가 없는 일을 어떻게든 하려고 두서없이 생각을 더듬거리며 아까부터 주작대로에 떨어지는 빗소리를 하염없이 듣고 있었다.

비는 나생문을 에워싸며 저 멀리서 쏴아 하는 소리를 몰아온다. 땅거미는 서서히 하늘에서 내려오는데, 올려다보니 나생문 지붕이 비스듬히 삐져나온 기와 끝으로 어두운 구름을 묵직하게 받치고 있다.

어찌 할 도리가 없는 일을 어떻게든 하려면 수단을 가릴 여유가 없다. 이것저것 가리면 토담 아래서, 길바닥 위에서 주려 죽을 뿐이다. 그리고 이 문 위로 옮겨져 개처럼 버려질 뿐이다. 가리지 않는다면──하인의 생각은 몇 번이나 같은 길을 배회한 끝에 겨우 이 막다른 골목에 봉착했다. 그러나 이 「않는다면」은 어디까지나 결국 「않는다면」이었다. 하인은 수단을 가리지 않는다는 것을 긍정하면서도, 이 「않는다면」의 결론을 짓기 위해서, 응당 그 후에 맞닥트릴 「도적이 되는 수 말고는 방법이 없다」는 사실을 적극적으로 긍정할 만큼의 용기는 내지 못하고 있었다.

하인은 크게 재채기를 하고, 그리고 귀찮다는 듯 일어섰다. 저녁 한기가 감도는 도성은 벌써 화로가 그리울 정도로 춥다. 바람은 나생문 기둥과 기둥 사이를 저녁 어스

름을 몰아 사정없이 불고 지나간다. 붉은 기둥에 앉아 있던 귀뚜라미도 이미 어딘가로

가버렸다.

하인은 목을 움츠리며 누리끼리한 땀받이 옷 위에 겹쳐 입은 감색 덧옷 어깨를 치켜

세우고 나생문 주변을 둘러보았다. 비바람 걱정 없는, 남의 눈에 띌 염려 없는, 하룻

밤 편히 누울 수 있는 곳이 있다면 그곳에서 좌우지간 밤을 지새우자고 생각했기 때문

이다. 그러자 다행히 문 위 누각으로 올라가는 폭이 넓은, 이 역시 붉은 칠을 한 사다

리가 눈에 들어왔다. 위쪽이라면 사람이 있다 해도 어차피 죽은 사람뿐이다. 그래서

하인은 허리춤의 칼이 칼집에서 빠져나오지 않게 신경을 쓰면서 짚신발을 그 사다리

제일 아랫단에 걸쳤다.

그러고 나서 몇 분인가 지난 후. 나생문 누각으로 가는 폭 넓은 사다리 중간에 한

남자가 고양이처럼 몸을 웅크린 채 숨을 죽이고 위쪽 상황을 엿보고 있었다. 누각 위

에서 비치는 불빛이 어렴풋이 그 남자의 오른뺨을 적시고 있다. 짧은 수염 속에 빨강

게 고름이 찬 종기가 난 뺨이다. 하인은 처음부터 이 위에 있는 사람은 죽은 사람뿐이

라고 우습게 여겼다. 그런데 사다리를 두세 단 오르고 보니 누군가 불을 밝

히고, 그것도 그 불을 이리저리 옮기고 있는 것 같다. 이는 탁하고 노란 빛이, 구석구

석에 거미줄을 드리운 지붕 밑으로 흔들리며 비치는 것을 보면 바로 알 수 있었다. 이

비 내리는 밤에, 이 나생문 위에서 불을 밝히고 있는 이상, 어쨌든 평범한 사람이 아

니다.

하인은 도마뱀처럼 발소리를 죽이며 간신히 가파른 사다리를 제일 윗단까지 기듯이

올라갔다. 그리고 또 몸을 될 수 있는 한 납작하게 엎드리고 목을 할 수 있는 한 앞으

로 내밀어 조심조심 누각 안을 들여다보았다.

보자 하니, 누각 안에는 소문에 들리는 대로 몇 구인가 시체가 아무렇게나 버려져

있는데 불빛이 닿는 범위가 생각보다 좁아서 그 수가 몇인지도 알 수 없다. 다만 가물

가물하나마 분간할 수 있는 것은 그중에 벌거벗은 시체와 옷을 입은 시체가 있다는 사

실이다. 물론 여자도 있고 남자도 섞여 있는 듯하다. 그리고 그 시체는 모두 그게 한

때는 살아 있는 인간이었다는 사실조차 의심스러울 만큼, 흙을 빚어 만든 인형처럼 입

을 벌리거나 손을 뻗은 채 마룻바닥 위에 굴러다니고 있었다. 거기다 어깨나 가슴처럼

높이 솟은 부분이 희미한 불빛을 받아 움푹 들어간 부분의 그림자를 한층 어둡게 만들

면서 벙어리처럼 영원히 말이 없었다.

하인은 그 썩어문드러진 시체의 악취에 저도 모르게 코를 막았다. 하지만 그 손은

다음 순간에는, 코를 막는 것을 잊고 있었다. 어떤 거센 감정이 거의 송두리째 이 남

자의 후각을 앗아 가버렸기 때문이다.

하인의 눈은 그때 비로소 그 시체 사이에 웅크리고 있는 사람을 보았다. 소나무 껍

질색 옷을 입은, 키가 작고, 야윈, 백발의, 원숭이 같은 노파다. 그 노파는 오른손에

불을 붙인 소나무 가지를 들고 그 어느 시체의 얼굴을 목을 빼고 들여다보고 있었다.

머리카락이 긴 것을 보면 아마도 여자 시체일 것이다.

하인은 공포, 육, 할, 호기심 사 할에 이끌려 잠시 숨 쉬는 것조차 잊고 있었다. 옛 기록을 남긴 자의 말을 빌자면 「온몸의 털이 곤두서는」 느낌이 들었던 것이다. 그러 자 노파는 소나무 가지를 마루청 틈새에 꽂고, 그러고 나서 지금까지 바라보고 있던 시체의 머리에 두 손을 뻗어 꼭 어미 원숭이가 새끼 원숭이 이를 잡듯이 그 기다란 머 리카락을 한 올씩 뽑기 시작했다. 머리카락은 손을 따라 뽑히는 것 같다. 그 머리카락 이 한 올씩 뽑힐 때마다 하인의 마음속에서는 공포가 조금씩 사라져갔다. 그리고 그와 동시에 이 노파를 향한 격렬한 증오가 조금씩 생겨났다──아니, 이 노파를 향한다는 말에는 語弊 어폐가 있을지도 모른다. 오히려 온갖 악을 향한 반감이 일 분마다 그 세기를 더해갔던 것이다. 이때 누군가가 이 하인에게, 조금 전 나생문 아래서 이 남자가 고민 하던, 주려 죽을 것인가 도적이 될 것인가 하는 문제를 다시 끄집어낸다면 필시 하인 은 아무 미련도 없이 주려 죽는 쪽을 택했을 것이다. 그만큼 이 남자가 악을 미워하는 마음은 노파가 마루에 꽂은 소나무 횃불과도 같이 세차게 타오르고 있었다.

하인은 물론 어째서 노파가 죽은 이의 머리카락을 뽑는지 몰랐다. 따라서 그것을 선

악 어느 쪽으로 치부해야 합리적인지 알 수 없었다. 하지만 하인에게는 이 비 내리는

밤에, 이 나생문 위에서 죽은 이의 머리카락을 뽑는다는 사실 그것만으로 이미 용서할

수 없는 악이었다. 말할 것도 없이 하인은 방금 전까지 자기가 도적이 되기로 마음먹

고 있었다는 사실 따위는 벌써 잊은 것이다.

그래서 하인은 두 다리에 힘을 주고 느닷없이 사다리 위로 뛰어 올라갔다. 그리고

칼자루에 손을 얹고서 성큼성큼 노파 앞으로 걸어갔다. 노파가 놀란 것은 말할 것도

없다.

노파는 하인을 보고는 마치 새총에라도 맞은 것처럼 펄쩍 뛰어올랐다.

『네 이년, 어딜 가느냐!』

하인은 시체에 발이 걸린 노파가 허둥거리면서 도망치려는 길을 막고 그렇게 소리

쳤다. 노파는 그러나 하인을 밀치고 달아나려 한다. 하인은 또다시 그걸 놓치지 않으

려고 되밀친다. 두 사람은 시체 사이에서 한동안 말없이 서로 노려보았다. 하지만 승패는 처음부터 알 수 있다. 하인은 급기야 노파의 팔목을 비틀어 억지로 바닥에 자빠뜨렸다. 말 그대로 닭발 같은, 뼈와 거죽뿐인 팔목이다.

『무슨 짓을 하고 있었느냐? 말하렷다! 말하지 않으면, 이거다.』

하인은 노파를 뿌리치고 다짜고짜 칼집에서 칼을 빼 시퍼런 서슬을 눈앞으로 들이댔다. 그러나 노파는 입을 다물고 있다. 두 손을 오들오들 떨면서, 어깨로 들썩들썩 거친 숨을 몰아쉬면서, 눈을, 눈알이 밖으로 빠져나올 만큼 크게 뜨고서 벙어리처럼 끈질기게 입을 다물고 있다. 이를 보자 하인은 비로소 명백하게 이 노파의 생사를 전혀 자기 의지가 지배하고 있다는 사실을 깨달았다. 그리고 이 깨달음은 지금까지 험악하게 타오르고 있던 증오의 마음을 어느새 식혀버리고 말았다. 남은 것은 그저 어떤 일을 해서 그것이 원만하게 성취되었을 때 느끼는 평온한 자랑스러움과 만족감뿐이다. 그래서 하인은 노파를 내려다보며 조금 목소리를 누그러뜨리고 이렇게 말했다.

『나는 관아에서 나온 사람이 아닐세. 이제 막 문 아래를 지나가던 나그네지. 그러니 네년에게 오라를 지워 어떻게 하거나 하지는 않아. 그저 지금 이 시각에, 이 문 위에서 무얼 하고 있었는지, 그걸 나에게 말해주기만 하면 되는 거야.』

그러자 노파는 크게 뜬 눈을 더 크게 부릅뜨고 가만히 하인의 얼굴을 쳐다보았다. 그리고 쪼그라들어 거의 코에 가 충혈된, 육식조_{肉食鳥} 같은, 날카로운 눈매로 쳐다보았다. 그리고 쪼그라들어 거의 코에 가 붙어 있는 입술을 무언가라도 씹고 있는 양 씰룩거렸다. 가느다란 멱에 튀어나온 울대가 움직이는 것이 보인다. 그때 그 멱에서 까마귀 우는 듯한 소리가, 헐떡헐떡, 하인의 귀로 전해졌다.

『이 머리털을 뽑아서, 이 머리털을 뽑아서 가발을 삼으려 했수.』

하인은 노파의 대답이 예상과 달리 평범한 것에 실망했다. 그리고 실망과 동시에 그 전의 증오가 싸늘한 모멸과 함께 마음속으로 다시 밀려왔다. 그러자 그런 기색이 상대에게도 통했던 것이리라. 노파는 한 손에 여전히 시체의 머리에서 뽑아낸 기다란 머리카락을 쥔 채 두꺼비 우는 소리마냥 웅얼웅얼 이런 말을 했다.

『하긴, 죽은 놈 머리털을 뽑는 건 누가 봐도 몹쓸 짓일 게야. 그래도 여기 있는 건 전부 그런 일을 당해도 싼 인간들 송장뿐이라구. 방금 내가 머리털을 뽑은 년만 해도 뱀을 네 치만큼씩 잘라 말린 걸 건어물이랍시고 칼찬 무사님들한테 팔고 다녔지. 돌림병에 걸려 뒈지지 않았다면 아직도 그러고 다닐걸? 그것도 말이야, 이 년이 파는 걸 맛있다며 무사님들이 죄다 반찬으로 사 갔다잖우. 나는 이 년이 한 짓이 나쁘다고 생각하지 않아. 안 그랬으면 굶어죽었을 테니까. 어쩔 수 없었던 게야. 그러면 또 지금 내가 하던 짓도 나쁘다고는 할 수 없어. 이거라도 하지 않으면 어차피 굶어죽을 테니 어쩔 수 없는 게지. 이 년은 어쩔 수 없다는 걸 잘 알고 있었으니, 아마 내가 하는 짓도 너그럽게 봐줄 거라구.』

노파는 대충 그렇게 말했다.

하인은 칼을 칼집에 집어넣고 칼자루를 왼손으로 누르며 냉담하게 이야기를 듣고

있었다. 물론 오른손으로는 뺨에 있는 빨갛게 고름이 찬 커다란 종기를 만지작거리면

서 듣고 있다. 하지만 그 말을 듣던 중에 하인의 마음에는 어떤 용기가 생겨났다. 그

것은 아까 문 밑에서, 이 남자에게는 부족했던 용기이다. 그리고 또한 조금 전이 누

각으로 올라와 이 노파를 붙잡았을 때의 용기와는 전혀 반대 방향으로 움직이려 하는

용기이다. 하인은 주려 죽을 것인가 도적이 될 것인가로 고민하지 않았을 뿐만 아니

다. 당시 이 남자의 심정에서 말하자면, 주려 죽는다는 것은 거의 생각조차 할 수 없

을 만큼 의식 밖으로 쫓겨나 있었다.

『그런 것인가.』

노파의 이야기가 끝나자, 하인은 비웃는 듯한 목소리로 다짐했다. 그리고 한 발 앞

으로 나와 갑자기 오른손을 종기에서 떼고 노파의 목덜미를 부여잡은 채 달려들 것처

럼 이렇게 말했다.

『그렇다면 내가 강도짓을 해도 원망하진 않겠지. 나도 그렇게 하지 않으면 굶어 죽

을 몸이거든.』

하인은 재빨리 노파의 옷을 벗겨냈다. 그리고 다리를 붙잡고 늘어지려 드는 노파를 거칠게 걷어차 시체 위로 쓰러뜨렸다. 사다리 구멍까지는 겨우 다섯 걸음 남짓할 뿐이다. 하인은 벗겨낸 소나무 껍질 색 옷을 옆구리에 낀 채 눈 깜짝할 사이에 가파른 사다리를 타고 밤의 저편으로 내려갔다.

한동안 죽은 듯 쓰러져 있던 노파가 시체 틈바구니에서 그 알몸을 일으킨 것은 그로부터 얼마 지나지 않은 후의 일이다. 노파는 중얼거리듯, 끙끙대듯 소리를 내면서 아직도 타오르고 있는 불빛에 의지해 사다리 구멍까지 기어갔다. 그리고 거기에서 짧은 백발을 거꾸로 늘어뜨리고 문 아래를 살폈다. 밖에는, 그저, 칠흑 같은 밤이 있을 뿐.

하인의 행방은 아무도 모른다.

1915년 9월

도쿄제국대학교 영문과 재학 시절

鼻
코

다. 길이가 대여섯 치는 되고 입술 위부터 턱 아래까지 늘어져 있다. 모양은 시작도 끝도 매한가지로 굵다. 말하자면 길쭉한 소시지 같은 것이 대롱대롱 얼굴 한복판에 매달려 있는 것이다.

쉰을 넘긴 나이구는 옛날 사미승(沙弥) 때부터 내도량(内道場) 승려 직에 오른 오늘날까지 마음속으로 계속 이 코 때문에 고민해 왔다. 물론 겉으로는 지금도 그다지 신경 쓰지 않는다는 듯한 얼굴을 하며 지내고 있다. 이는 마음을 다해 내세의 정토(浄土)를 갈망해야 할 승려된 몸으로 코를 걱정하는 것이 좋지 못하다 여겨서만은 아니다. 그보다는 오히려 자기가 코를 신경 쓰고 있다는 사실을 다른 사람들에게 들키는 것이 싫었기 때문이다. 나

젠지(禅智) 나이구(内供)의 코라고 하면 이케노오(池の尾)에서 모르는 사람이 없

이구는 평소 대화 중에 코라는 말이 나오는 것을 무엇보다 두려워하고 있었다.

나이구가 코를 힘에 겨워한 이유는 두 가지. 하나는 실제적으로 코가 길어 불편했기 때문이다. 제일 먼저, 밥을 먹을 때도 혼자서는 먹을 수 없다. 혼자서 먹으면 코끝이 밥그릇 속 밥에 닿아 버린다. 그래서 나이구는 제자 하나를 밥상 맞은편에 앉히고 밥을 먹는 동안 너비는 한 치, 길이는 두 자 남짓한 나무판으로 코를 들어 올리게 했다.

하지만 이렇게 밥을 먹는 일은, 코를 들어 올리는 제자에게도, 코가 들려진 나이구 본인에게도 결코 쉬운 일은 아니다. 언젠가 그 제자를 대신한 동자승이 재채기를 하는 바람에 손이 흔들려 코를 죽 속에 빠뜨린 이야기는 당시 도성까지 떠들썩하게 했다.

──그러나 이는 나이구에게 있어, 결코 코를 힘에 겨워한 주된 이유가 아니다. 나이구는 실로 이 코로 인해 상처받는 자존심 때문에 괴로워했던 것이다.

이케노오 마을 사람들은 그런 코를 달고 있는 젠지 나이구를 위해서, 나이구가 속인俗人이 아니라 다행이라고들 했다. 저런 코라면 시집올 여자가 아무도 없을 거라 생각했기 때문이다. 개중에는 또 코가 저 모양이니 출가했을 것이라 떠드는 사람도 있었다. 그러나 나이구는 자기가 중이라는 이유로 조금이라도 이 코에 대한 불편함이 덜해졌다고 여기지 않는다. 나이구의 자존심은 아내를 거느리는 것 같은 결과적인 사실에 좌우되기에는 너무나도 델리케이트하게 생겨 먹었던 것이다. 그래서 나이구는 적극적이든 소극적이든 그 훼손된 자존심을 회복코자 했다.

가장 먼저 나이구가 생각한 것은 이 기다란 코를 실제보다 짧아 보이게 하는 방법이다. 사람이 없을 때 거울을 보고 여러 각도에서 얼굴을 비추며 열심히 고민을 해 보았다. 어쩌면, 얼굴 위치를 바꾸는 것만으로는 안심이 되지 않아 턱을 괴었다가 턱 끝에 손가락을 갖다 댔다가 하면서 끈질기게 거울을 들여다보는 일도 있었다. 그러나 스스로 만족할 만큼 코가 짧아 보인 적은 지금까지 단 한 번도 없었다. 때에 따라서는 고민하면 할수록 오히려 길어 보이는 것 같은 느낌마저 들었다. 그럴 때면 나이구는 거울을 상자에 넣으며 새삼스러운 듯 한숨을 내쉬고, 마지못해 다시 책상으로 관음경을 읽으러 돌아간다.

그 후로 다시 나이구는 항상 남의 코에 신경을 썼다. 이케노오 절은 공양을 받고 설법을 하는 행사가 종종 열리는 절이다. 절 안에는 승방이 빈틈없이 들어서 있고, 욕실에서는 중이 매일같이 목욕물을 데운다. 따라서 이곳에 출입하는 승려와 속인들의 부류도 대단히 다양하다. 나이구는 이러한 사람들의 얼굴을 끈기 있게 물색했다. 한 명이라도 자기 같은 코를 가진 사람을 찾아 안심을 하고 싶었기 때문이다. 그래서 나이구의 눈에는 짙푸른 외출복도, 새하얀 속옷도 들어오지 않는다. 하물며 주황색 모자며 갈색 법복 따위는 눈에 익을 대로 익은 만큼 보이나 안 보이나 매한가지. 나이구는 사람을 보지 않고 오직 코만 보았다. 그러나 매부리코는 있어도 나이구 같은 코는 하나도 보이지 않는다. 그 보이지 않는 일이 거듭됨에 따라 나이구의 심기는 점점 다시 불쾌해졌다. 나이구가 다른 사람과 이야기할 때 저도 모르게 대롱대롱 늘어진 코끝을 매만지며 나잇값도 못하고 얼굴을 붉히는 것은 순전히 그 불쾌함이 발동한 때문이다.

결국 나이구는 불경과 그 밖의 다른 책에서 자기와 비슷한 코를 가진 인물을 찾아내하다못해 작은 위안이라도 받으려 한 적이 있다. 그렇지만 목련目連이나 사리불舍利弗의 코가 길었다고는 어느 경문経文에도 쓰여 있지 않다. 물론, 용수龍樹나 마명馬鳴도 평범한 코를 가진 보살이다. 나이구는 중국의 이야기를 읽던 중, 촉한蜀漢의 유현덕劉玄德의 귀가 길었다는 부분을 읽었을 때 그게 코였다면 얼마나 자기 마음이 든든할까 하고 생각했다.

나이구가 이런 소극적인 고심을 하면서도, 한편으로는 또 적극적으로 코가 짧아지는 방법을 시험했던 것은 굳이 여기에 쓸 것까지도 없다.

나이구는 그 방면에서도 할 수 있는 일은 거의 다 했다. 참외를 달여서 마셔 본 적도 있다. 쥐 오줌을 코에 바른 적도 있다. 그러나 뭘 어떻게 해도 코는 여전히 대여섯 치 길이로 대롱대롱 입술 위에 매달려 있지 않은가.

그러던 어느 해 가을, 나이구의 심부름을 할 겸 상경했던 제자가 잘 아는 의원에게 긴 코를 짧게 하는 비법을 배워 왔다. 그 의원이란 본디 중국에서 건너온 사내로, 당시에는 장락사長樂寺의 본존本尊을 모시는 승려였다.

나이구는 언제나처럼 코 따위는 마음에도 두지 않는 척을 하며 일부러 그 비법도 곧 장시도해 보자고는 말하지 않았다. 그리고 한편으로는 가벼운 말투로 매번 식사 때마다 제자를 귀찮게 하는 것이 미안하고 마음이 아프다는 식의 말을 했다. 속으로는 물론 제자가 자기를 설득하여 그 비법을 시험하기를 고대하고 있다. 제자도 나이구의 이런 책략을 모를 리 없다. 그러나 그에 대한 반감보다는, 이런 책략을 취하게 된 나이구의 심정이, 훨씬 강하게 이 제자의 동정심을 불러일으켰으리라. 제자는 나이구가 예상한 대로 온갖 말로 이 비법을 시험해 보기를 권하기 시작했다. 그리하여 나이구 자신 또한 예상했던 그대로 결국 이 열성적인 권고에 따르기로 했다.

그 비법이란 그저 뜨거운 물에 코를 삶은 뒤 그 코를 다른 사람이 밟는다는, 지극히 간단한 것이었다.

뜨거운 물이라면 절 욕실에서 매일 끓인다. 하여 제자는 당장에 손가락도 담그지 못

할 만큼 뜨거운 물을 욕실에서 주전자에 퍼 담아 왔다. 하지만 직접 주전자에 코를 박게 되면 수증기를 쐰 얼굴에 화상을 입을 우려가 있다. 그래서 쟁반에 구멍을 뚫은 다음 그것을 주전자 뚜껑으로 삼고, 그 구멍을 통해 코를 뜨거운 물에 담그기로 했다.

코는 뜨거운 물에 담가도 조금도 뜨겁지 않다. 잠시 후 제자가 말했다.

『이제 다 삶아졌을 것이옵니다.』

나이구는 마지못해 웃음을 지었다. 이 말만 듣고서는 누구도 코에 대한 이야기라고 눈치 채지 못하리라 생각했기 때문이다. 코는 뜨거운 물에 삶아져서 벼룩에 물린 듯 가렵다.

제자는 나이구가 쟁반 구멍에서 코를 빼자 아직 김이 나고 있는 그 코를 두 발로 힘을 주어 밟기 시작했다. 나이구는 가로누워 코를 마루청 위에 늘어뜨린 채 제자의 발이 위아래로 움직이는 것을 눈앞에서 지켜보고 있다. 제자는 때때로 불쌍하다는 표정으로 나이구의 벗겨진 머리를 내려다보며 이런 말을 했다.

『혹 아프지는 않으신지요. 의원께서 세게 밟으라 하셨기에. 허나 정말 아프지는 않으신지요.』

나이구는 고개를 저어 아프지 않다는 뜻을 내보이려 했다. 그런데 코를 밟히고 있는지라 생각만큼 고개가 움직이지 않는다. 그래서 눈을 칩뜨고 제자의 발에 부르튼 곳을 바라보며 화가 난 듯한 목소리로, 『아프지는 않느니라』 하고 대답했다. 실제로 코는 가려운데 를 밟히는지라 아프기보다는 오히려 시원할 정도였다.

한동안 밟히고 있자니 이윽고 좁쌀 같은 것이 코에 돋기 시작했다. 비유하자면 털을 잡아 뽑은 새를 통째로 구운 것 같은 모습이다. 제자는 이를 보자 발을 멈추고 혼잣말처럼 말했다.

『이것을 족집게로 뽑으라 하셨습니다.』

나이구는 불만스러운 듯 볼을 부풀린 채 잠자코 제자가 하는 대로 맡겼다. 물론 제자의 친절을 모르는 바 아니다. 그건 알지만 자기 코를 마치 물건처럼 다루는 것에 불쾌한 마음이 들었던 것이다. 나이구는 신용할 수 없는 의원에게 수술을 받는 환자 같은 표정을 지으며, 마지못해 제자가 코의 털구멍에서 족집게로 피지를 뽑는 모습을 바라보고 있었다. 피지는 새의 깃대와 흡사한 모양을 하고 네 푼分 남짓한 길이로 뽑혀 나온다.

드디어 이것이 한차례 끝나고, 제자는 휴우 하고 한숨 돌린 듯한 얼굴로, 『다시 한번, 코를 삶으면 됩니다』하고 말했다.

나이구는 전과 같이 여덟 팔자八字로 미간을 찡그린 채 납득이 가지 않는다는 표정으로 제자 말대로 하였다.

그런데 두 번째로 삶은 코를 내어 보니, 과연, 평소와는 달리 짧아져 있다. 이만하면 평범한 매부리코와 크게 다를 바 없다. 나이구는 그 짧아진 코를 쓰다듬으며 제자가 내민 거울을 멋쩍은 듯 쭈뼛거리며 들여다보았다.

코는──저 턱 밑까지 늘어져 있던 코는 거의 거짓말처럼 쪼그라들어, 지금은 간신히 윗입술 위에서 무기력하게 목숨을 부지하고 있었다. 군데군데 울긋불긋 벌게진 것은 아마도 밟혔을 때의 자국일 것이다. 이리 되면 이제 그 누구도 웃을 자 없으리라.

거울 속에 있는 나이구의 얼굴은 거울 밖에 있는 나이구의 얼굴을 보며 만족스럽게 눈을 껌뻑였다.

하지만 그 날은 아직 첫째 날, 코가 다시 길어지진 않을까 하는 불안감이 있었다.

그래서 나이구는 불경을 욀 때도, 식사를 할 때도 틈만 나면 손을 내밀어 살짝 코끝을 만져 보았다. 그러나 코는 반듯하게 입술 위에 올라앉아 있을 뿐이고, 어쨌든 그보다 아래로 늘어질 기미도 없다. 그리고 하룻밤 자고, 다음 날 아침 일찍 잠이 깨자마자 나이구는 일단 제일 먼저 자기 코를 만져 보았다. 코는 여전히 짧다. 나이구는 그리하여 몇 년이랄 것도 없이、法華経법화경을 필사한 공덕을 쌓았을 때와도 같은 편안한 기분이 들었다.

그런데 이삼일이 지나는 사이、나이구는 뜻밖의 사실을 깨달았다. 그것은 때마침

볼일이 있어 이케노오 절을 찾아온 사무라이가 그전보다도 한층 더 우스꽝스럽다는 표정을 지으며 말도 제대로 못 하고 말똥말똥 나이구의 코만 쳐다봤던 것이다. 그뿐 아니라 예전에 나이구의 코를 죽 속에 빠뜨린 적이 있는 동자승은 강당(講堂) 밖에서 나이구와 마주치자 처음에는 고개를 숙이고 웃음을 참고 있었으나 결국 참을 수 없었는지 한꺼번에 푸훗 하고 웃음을 터뜨리고 말았다. 또한 심부름을 하러 온 아랫것들이 얼굴을 마주하고 있는 동안만은 얌전히 듣고 있지만 나이구가 뒤만 돌면 바로 킥킥거리며 웃기 시작한 것은 한두 번이 아니다.

나이구는 처음에 이것을 자기 얼굴이 바뀐 탓이라고 해석했다. 하지만 아무래도 이 해석만으로는 충분히 설명이 되지 않는 것 같다. 물론 동자승이나 아랫것들이 웃는 원인은 거기에 있음이 틀림없다. 그러나 같은 웃음이라 해도 코가 길었던 옛날과는 어쩐지 분위기가 다르다. 익숙한 긴 코보다 낯선 짧은 코가 우스꽝스럽게 보인다면 할 수 없다. 허나 거기엔 아직 무언가가 있는 것 같다.

「전에는 저처럼 대놓고는 웃지 않았거늘.」

나이구는 읊던 경전을 치우고 벗겨진 머리를 갸웃거리며 때때로 그렇게 중얼거렸다. 가엾은 나이구는 그때마다 꼭 멍하니 벽에 걸린 普賢菩薩 보현보살을 바라보며 코가 길었던 네댓새 전을 떠올리다가 『지금은 더없이 비천하게 몰락한 사람이, 번창했던 옛날을 그리워하듯이』 울적해하는 것이다. 나이구에게는 유감스럽게도 이 물음에 답을 줄 통찰이 부족했다.

――인간의 마음에는 서로 모순된 두 가지 감정이 있다. 물론 타인의 불행을 동정하지 않을 자는 없다. 하지만 그 사람이 그 불행을 어떻게든 해서 타개할 수 있다면, 이번에는 반대로 이쪽에서 왠지 섭섭한 기분이 든다. 조금 과장해서 말하면, 다시 한번 그 사람을 똑같은 불행에 빠져들게 하고 싶은 마음마저 생기게 된다. 그리하여 어느새 소극적이긴 하지만, 어떤 敵意 적의를 그 사람에게 품게 되는 것이다. 나이구가 이유는 모르지만 어쩐지 불쾌함을 느꼈던 것은 이케노오의 중들과 속인들의 태도에서 이 방관

자적 이기주의를 어렴풋이 느꼈기 때문이 틀림없다.

그래서 나이구는 날이 갈수록 심기가 불편해졌다. 입만 열면 누구든 심술 사납게 꾸짖어 댄다. 결국에는 코를 치료한 제자조차 『나이구는 탐욕에 대한 응보를 받을 거야』 하고 험담을 할 정도가 되었다. 특히나 나이구를 화나게 한 것은 못된 그 동자승이다. 어느 날 요란스레 개 짖는 소리가 나기에 나이구가 무심히 밖으로 나가 보니, 동자승이 두 자 남짓한 나무 막대기를 휘두르며 털이 길고 비쩍 마른 삽살개를 쫓아다니고 있다. 그것도 그냥 쫓아다니는 게 아니다. 『코는 때리지 않으마. 코는 때리지 않으마』 하고 노래를 불러 가며 쫓아다니는 것이다. 나이구는 동자승 손에서 나무 막대를 낚아채 세차게 뺨을 때렸다. 나무 막대는 이전에 코를 들어 올리던 나무였다.

나이구는 오히려 코가 짧아진 것이 원망스러워졌다.

그러던 어느 날 밤의 일이다. 해가 저물고 갑자기 바람이 부는 탓인지 탑에 매단 풍경風鐸 울리는 소리가 시끄러울 만큼 베개로 전해져 왔다. 게다가 추위도 부쩍 심해져 노

년의 나이구는 자려고 해도 잘 수가 없다. 그래서 이불 속에서 말똥말똥 하고 있자니、
문득 코가 평소 같지 않게 근질근질함을 느꼈다. 손을 대어보니 조금 부은 것처럼 부
풀어 있다. 어쩐지 코에 열도 나는 것 같다.

『억지로 짧게 만들어 병이 생긴 것일지도 모르겠군。』

나이구는 불전에 香花 향화를 바칠 때처럼 공손한 손놀림으로 코를 누르며 그렇게 중얼
거렸다.

다음 날 아침, 나이구가 여느 때와 마찬가지로 일찍 눈을 떠보니 절 안 은행나무며
상수리나무가 하룻밤 새 잎을 떨쳐、 마당은 황금을 깔아 놓은 듯 환하다. 탑 꼭대기에
서리가 내린 탓이리라. 아직 옅은 아침 해에 九輪 구륜이 눈부시게 빛나고 있다. 젠지 나이
구는 덧문을 걷고 마루에 서서 깊이 숨을 들이마셨다.

거의 잊다시피 한 어떤 감각이 다시금 나이구에게 돌아온 것은 그때이다.
나이구는 황급히 코에 손을 댔다. 손에 닿는 것은 어젯밤의 짧은 코가 아니다. 입술

위부터 턱 아래까지 대여섯 치나 늘어진 예전의 기다란 코다。 나이구는 코가 하룻밤 사이에 원래대로 길어진 것을 깨달았다。 그리고 동시에 코가 짧아졌을 때와 똑같은 후 련한 마음이 난데없이 되돌아오는 것을 느꼈다。

「이리 되면 이제 그 누구도 웃을 자 없으리라。」

나이구는 마음속으로 그리 되뇌였다。 기다란 코를 새벽녘 가을바람에 휘날리면서。

1916년 1월

자택 1층 서재 전경

女

여

체

體

楊某
양모라는 중국인이 어느 여름날 밤 너무 더워 잠이 깨 턱을

괴고 엎드려 두서없는 망상에 빠져 있었는데, 문득 이風한 마리가 이불 위를 기어가고

있는 것을 알아챘다. 방 안에 밝힌 침침한 등불에 이는 조그마한 등짝을 은분처럼 빛

내며, 옆에서 자고 있는 아내의 어깨를 노리고 꾸물꾸물 기어가는 것 같다. 아내는 벌

거벗은 채 아까부터 양모 쪽으로 얼굴을 돌리고 편안한 숨소리를 내고 있었다.

양모는 느려 터진 이의 걸음걸이를 바라보면서 이런 벌레의 세계는 어떤 것일까 하

고 생각했다. 자기가 두 걸음 세 걸음이면 갈 수 있는 곳도 이는 한 시간이나 걸려야

갈 수 있다. 게다가 그렇게 돌아다니는 곳이 기껏해야 이불 위. 자기도 이로 태어났다

면 분명 따분했을 것이다.

그렇게 막연한 생각을 하고 있으려니 양모의 의식은 점점 몽롱해졌다. 물론 꿈은 아

니다. 그런가 하면 또 생시도 아니다. 단지 묘하게 황홀한 기분 밑바닥으로 가라앉을

듯 말 듯한 것이다. 그런데 이윽고 퍼뜩 잠이 깬 것처럼 정신을 차렸다 싶었는데, 어

느새 양모의 혼은 그 이의 몸으로 들어가 땀 냄새 풀풀 나는 이불 위를 꼬물꼬물 그렇

게 걷고 있다. 양모는 너무나 뜻밖의 일이라 저도 모르게 멍하니 멈춰 섰다. 하지만

그를 놀라게 한 것은 그 뿐만이 아니다.

그의 앞길에는 높은 산 하나가 있었다. 그것은 또한 제 스스로 둥그스름함을 따뜻이

품은 채 눈이 닿지 않는 위부터 눈이 닿는 이불까지, 커다란 종유석처럼 늘어져 있다.

이불에 닿아 있는 부분은 속에 불을 담고 있는가 생각이 들 정도로 연한 붉은색 석류 열

매 모양을 하고 있지만, 그것을 빼면 산 주변 어디를 둘러봐도 순백이 아닌 곳이 없다.

그 순백이 또한 엉긴 지방처럼 부드러움이 있는 매끄러운 흰색으로, 산허리의 완만한

굴곡조차 마치 눈雪에 비치는 달빛과도 같이 아련하게 푸르스름한 그림자를 가득 담고 있

을 뿐이다. 하물며 빛을 받는 부분은 녹은 듯 거북 등딱지 같은 광택을 띠었으며 어느

산맥에서도 볼 수 없는 아름다운 활 모양 곡선을 아득한 하늘 끝에 그리고 있다.

양모는 경탄의 눈을 크게 뜨고 이 아름다운 산의 모습을 바라보았다. 그러나 그 산

이 아내의 한쪽 가슴이라는 사실을 알았을 때, 그의 놀라움은 과연 어느 정도였을까.

그는 사랑도 증오도, 또는 성욕도 잊고 이 상아(象牙)의 산 같은 거대한 유방을 지켜보았다.

그리하여 경탄한 나머지 이불의 땀 냄새도 잊은 것인가, 언제까지 굳어 버린 듯 움직

이지 않았다. 양모는 이가 되어 비로소 아내의 육체의 아름다움을 여실히 깨달을 수

있었던 것이다.

허나 예술가로서 이가 되어 보아야 할 것은 단지 여체의 아름다움뿐만은 아니다.

1917년 9월

신경쇠약으로 풍모가 변해버린 아쿠타가와 류노스케

地獄變

지옥변

一。

호리카와 堀川 대신 大殿様 나리님 같은 분은, 지금까지는 말할 것도 없고

후세에도 아마 다시없으실 분입니다. 소문에 듣자니 그분이 태어나시기 전에 대위덕 大威德

명왕의 明王 모습이 자당 어르신 꿈자리에 나타나셨다고 하는데, 좌우지간 나실 때부터 고

만고만한 저희 중생들과는 다르셨던 모양입니다. 그러니 그분께서 하신 일 중에는 저

희 예상을 벗어나지 않은 것이 한 가지도 없습니다. 짧게 말해서 우선 호리카와 나리

님 저택은 그 규모를 봐도, 장대하다고 할까 호방하다고 할까 도저히 저희 같은 하찮

은 자들의 상상이 미치지 못하는 대담한 데가 있습니다. 개중에는 또 그것을 두고 이

러쿵저러쿵 왈가왈부하며 나리님 성품을 始皇帝(시황제)나 煬帝(양제)에 비하는 자도 있습니다만,

그건 속담에 말하는 「장님 코끼리 만지는 격」이라고나 할까요. 그분 의중은 결코 그

렇게 당신 혼자만 부귀영화를 누리시겠다는 게 아닙니다. 그보다는 훨씬 천한 자들까

지 헤아려 주시는, 말하자면 천하와 동고동락한다고나 할까요, 크나큰 도량의 덕이

있으셨습니다.

그러셨으니 二条大宮(이조대궁)에서 百鬼夜行(백귀야행)을 만나셨어도 별다른 해를 당하지 않으셨던 거

겠지요. 또한 미치노쿠의 陸奧(육오) 塩竈(염조) 경치를 그대로 본떠 만든 것으로 이름 높은 히가시

三条(산조)의 저 河原院(가와라노인)에 밤마다 출몰한다는 소문이 돌던 도오루 融(융) 左大臣(좌대신)의 혼령조차도

대신 나리님의 호통을 듣고서 모습을 감춘 것이 틀림없을 것입니다. 위세가 이러하

니 그 무렵 洛中(낙중) 도성 안 남녀노소가 대신 나리님이라고 하면 마치 부처님께서 再来(재래)하신 것

처럼 서로 떠받든 것도 결코 이유 없는 일은 아니었습니다. 언젠가 궁내 매화 연회에

서 돌아오시는 길에 가마를 끌던 소가 풀어져 때마침 지나가던 노인이 다쳤을 때도 그

노인은 두 손을 모으고 나리님의 소에게 치인 것을 고마워했다는 것입니다.

그럴 정도였으니 나리님 살아 계실 동안에는 후세 사람들 입에까지 오르내릴 이야깃거리가 무척 많았습니다. 궁중 향연에서 백마로만 서른 마리 하사받으신 일도 있고, 나가라의 다리 기둥에 총애하시는 시동을 세워두신 일도 있고, 게다가 화타에게 의술을 전수받은 중국 승려에게 허벅다리 종기를 도려내게 하셨던 일도 있고──하나하나 들려고 하면 도무지 끝이 없습니다. 하지만 그 수많은 일화 중에서도 지금은 나리님 댁의 귀중한 보물이 된 지옥변 병풍에 얽힌 내력만큼 무시무시한 이야기는 없을 것입니다. 좀체 놀라지 않으시던 나리님조차 그때만큼은 정말이지 당황하셨던 것 같았습니다. 하물며 곁에서 모시던 소인네들이 혼비백산할 지경이었다는 사실은 말할 것도 없습니다. 그중에서도 소인은 나리님을 이십 년 동안이나 모시고 있었지만, 그런 소인 역시 그토록 끔찍한 광경을 목격한 적은 여태껏 다시없을 정도였습니다.

허나 그 이야기를 해 드리기에 앞서 그 지옥변 병풍을 그린 요시히데라는 화사에 대해 짚고 넘어가야 할 것입니다.

二。

요시히데라는 이름을 대면, 아직 그 사내를 기억하는 분이 계실 겁니다. 그 무렵 화필(絵筆)에 있어서는 요시히데를 앞설 자가 그 누구도 없다고 할 만큼 이름 높은 화사였습니다. 그 일이 있었을 때는 이래저래 오십 고개에 들어섰을 것입니다. 겉으로 보면 그저 키가 작고 뼈에 거죽만 붙어 있는 앙상하고 성질 고약하게 생긴 노인이었습니다. 하지만 나리님 댁에 올 때는 귀족처럼 번듯한 외출복에 두건까지 둘렀건만 사람 됨됨이는 지극히 비천했고, 왠지 노인 같지 않게 입술이 붉게 도드라진 것이 더욱더 꺼림칙한, 정말이지 짐승을 보는 기분이 들었던 것입니다. 개중에는 그건 붓을 핥아 대기 때문에 빨간 물이 든 거라고 말하는 사람도 있었지만, 어째서인지는 알 수 없습니다. 그래서 입이 거친 자들은 너나없이 요시히데의 행동거지가 원숭이 같다며 「사루(원숭이) 히데」라는 별명까지 붙인 적이 있었습니다.

猿

예. 사루히데라고 하니, 이런 일이 있었습니다. 그 무렵 대신 나리님 댁에 열다섯 된 요시히데의 외동딸이 시녀로 와 있었는데, 그게 또 아비하고는 닮지 않은 깜찍한 구석이 있는 계집이었습니다. 게다가 일찍 어미를 잃은 탓인지 사려도 깊고 나이보다 어른스러운 영리한 아이였고, 어린 나이답지 않게 무슨 일에나 눈치가 빨라 마님은 물론 다른 시녀들이 귀여워했던 것 같습니다.

그러던 어떤 차에 단바 쪽에서 길들인 원숭이가 한 마리 헌상이 되었는데, 때마침 장난질에 물이 오르신 도련님께서 요시히데라는 이름을 붙이셨습니다. 그렇지 않아도 그 원숭이 하는 짓이 우습던 차에 그런 이름까지 붙었으니, 집 안 사람 중 누구 하나

丹波

웃지 않은 이가 없습니다. 그것도 웃기만 하면 괜찮겠지만 장난삼아 모두, 어이쿠 정

원 소나무에 올라갔네, 저런 방바닥을 어질렀네 하고 매번 요시히데, 요시히데 하고 크게 불러 대면서 아무튼 괴롭히고 싶어 했습니다.

그런데 어느 날, 앞서 말씀드린 요시히데의 여식이 서찰을 매단 寒紅梅 한홍매 가지를 들고, 긴 복도를 지나가고 있었는데 저 멀리 미닫이문 너머로 그 새끼 원숭이 요시히데가, 아마 발목이라도 삐었나 봅니다. 평소처럼 기둥을 타고 올라갈 힘도 없이 절룩거리며 쏜살같이 도망치는 것이었습니다. 게다가 그 뒤에서는 회초리를 치켜든 도련님께서 『귤 도둑놈아, 게 섰거라, 게 섰거라!』 하시며 쫓아오고 계시지 않겠습니까.

요시히데의 여식은 이를 보고 잠시 머뭇거리는 듯했지만, 마침 그때 도망쳐 온 원숭이가 치맛자락에 매달리며 애처로운 소리로 울어대는 것이었습니다. ──그러니 갑자기 가엾다는 마음을 억누를 수 없었던 게지요. 한 손으로 매화 가지를 들고 한 손으로 자줏빛 감도는 옷자락을 가볍게 사라락 젖혀 부드럽게 그 원숭이를 안아 올리더니, 도련님 앞에 허리를 조금 숙이며 『송구하오나 畜生 축생이옵니다. 부디 용서하여 주시옵소서』

하고 단아한 목소리로 아뢰었습니다.

허나 도련님께서는 작정을 하시고 쫓아오신 터라. 난처하다는 표정으로 두어 번 발을 구르시더니, 『어째서 감싸느냐! 그 원숭이는 귤 도둑이야!』

『축생이오니…….』

처자는 다시 한 번 그리 되풀이했지만 이윽고 섭섭한 미소를 지으며 『게다가 요시히데라고 하시니, 소인 아비가 혼이 나는 것 같아서 아무래도 그냥 보고 있을 수는 없사옵니다』 하고 결심이라도 한 듯 아뢰었던 것입니다. 그 말에 저 기고만장하신 도련님께서도 고집을 꺾어 주셨던 모양입니다.

『그런가? 아비를 살려 달라는 거니 용서토록 하마.』

마지못해 그리 말씀하시며 고개를 끄덕이시더니, 회초리를 저쪽으로 내던지시고는 아까 나오셨던 미닫이문 쪽으로 그대로 돌아가 버리셨습니다.

三。

요시히데의 여식과 새끼 원숭이가 친해진 것은 그 이후부터입

니다. 처자는 나리님 댁 아가씨께서 하사하신 금방울을 진홍색 고운 끈에 매달아 원숭

이 목에 걸어주었고, 원숭이 역시 무슨 일이 있어도 처자 곁을 거의 떠나지 않았습니

다. 언젠가 처자가 감기 기운이 있어 자리에 누웠을 때도 원숭이는 그 베갯머리에 착

붙어 앉아, 제 기분 탓인지는 모르겠으나 근심스럽다는 얼굴로 줄곧 손톱을 물어뜯고

있었습니다.

그리 되자, 참 묘하게도 그전처럼 요 새끼 원숭이를 괴롭히는 이가 아무도 없습니

다. 아니, 오히려 점점 귀여워하기 시작했고 마침내는 도련님께서도 이따금씩 감이며

밤을 던져 주셨던 것도 모자라, 사무라이 아무개가 이 원숭이를 걷어찼을 때에는 어마

어마하게 노여워하셨다고 합니다. 나중에 나리님께서 일부러 요시히데의 여식에게 원숭이를 안고 안전으로 나오라는 분부를 내리신 것도 도련님께서 화를 내셨다는 이야기를 듣고 그러신 것이라 합니다. 그때 처자가 원숭이를 귀여워하는 이유도 들으셨던 거겠지요.

『효성 지극한 녀석이로고. 칭찬받아 마땅하도다.』

나리님의 뜻에 따라 처자는 그때 붉은 비단옷을 상으로 받았습니다. 그런데 이 비단옷을 또 원숭이가 공손하게 받아드는 시늉을 했기에 나리님 기분이 특히 좋으셨던 것 같습니다. 그러므로 나리님께서 요시히데의 여식을 각별하게 여기신 것은 전적으로 이 원숭이를 귀여워한 효성 지극하고 자애로운 마음에 감동하셔서이지 결코 세상에서 말하는 것처럼, 하여간에 여색을 밝히셨기 때문은 아닙니다. 하긴 그런 소문이 난 것도 무리는 아니지만, 그건 다시 나중에 천천히 말씀드리겠습니다. 여기서는 단지 나리님께서는 아무리 아름답다 하더라도 미천한 그림쟁이 딸년 따위에게 마음이 기우실

御前

분이 아니라는 사실을 짚어 드리면 될 것입니다.

그렇게 요시히데의 여식은 칭찬을 받고 물러났지만, 원체 싹싹한 계집인지라 경망

스러운 다른 시녀들에게 시샘을 받는 일 역시 없었습니다. 오히려 그 이후로도 원숭이

와 함께 많은 사랑을 받았는데, 특히 마님 곁을 떠난 적이 없다 해도 좋을 만큼, 마님

행차하실 때는 여태 한 번 빠진 적이 없었습니다.

하지만 처자에 대한 이야기는 잠시 접어 두고, 지금부터 다시 그 아비인 요시히데

에 대해서 말씀드리겠습니다. 과연 원숭이 요시히데는 그렇게 모든 사람들에게 사랑

을 받게 되었지만, 정작 요시히데는 여전히 누구에게나 미움을 샀기에, 뒤만 돌면 사

루히데라고 놀림을 당했습니다. 더구나 그게 또 나리님 댁에서만 그런 것이 아니었습

니다. 실제로 요카와(橫川)의 승관(僧官)님 역시 요시히데라면 마귀라도 만난 것처럼 안색을 바꾸

시고 미워하셨습니다. (그도 그럴 것이, 요시히데가 승관님 행적을 우스꽝스러운 그림으로 그렸기 때

문이라고 하는데 아무래도 아랫것들 사이에 떠도는 소문인지라 확실하다고는 할 수 없습니다) 아무튼 그

사내에 대해서는 어느 분께 여쭤더라도 그런 나쁜 평판 일색입니다. 만약 나쁘게 말하지 않는 자가 있다면, 그건 그림쟁이 친구 두세 놈, 혹은 그자의 그림만 알았지 사람됨됨이는 모르는 자들일 것입니다.

그러나 실제로 요시히데는 겉모습이 비천했을 뿐만 아니라 사람들이 꺼려할 만한 못된 습성도 있었기 때문에, 그런 것도 모두 자업자득이라는 말 외에 달리 말씀드릴 방도가 없습니다.

四。

그 습성이란 것은 인색, 무뚝뚝, 철면피, 나태, 탐욕——아니 그중에서도 유난히 심한 것은, 항상 천하제일의 화사라는 말을 입에 달고 사는 그건

방짬입니다. 그게 그림에 대해서만 그렇다면 또 모르겠지만, 지고는 못 사는 이 사내

고집은 세상 관습이나 관례 같은 것까지 전부 업신여기지 않고서는 못 배기는 것입니

다. 이는 긴 세월 요시히데의 제자였던 자가 했던 이야기인데, 어느 날 어느 나리님 댁

에서 이름난 무녀가 신령이 내려 끔찍한 예언을 했을 때도 이 그림쟁이는 들은 체도 않

고, 마침 지니고 있던 붓과 먹으로 무시무시한 무녀 얼굴을 자세히 그리고 있더랍니다.

아마 신령님의 저주도 그자 눈에는 어린애 장난쯤으로밖에 보이지 않는 모양입니다.

그런 자였으니, 길상천天을 그릴 때는 비천한 창녀 얼굴로 묘사하질 않나, 부동명왕
不動明王
을 그릴 때는 放免 나졸의 모습을 본떠 그리질 않나, 온갖 불경스러운 짓거리를 했습

니다만, 그걸 본인에게 따져 물으니 『요시히데가 그린 신불神仏이 요시히데에게 명벌冥罰을

내린다니, 묘한 소리를 다 듣겠군』하고 콧방귀를 뀌는 게 아니겠습니까.

이 말에는 과연 제자들도 기가 막혀서, 앞일이 걱정된다며 서둘러 떠난 자도 적지

않았다고 합니다.

──한마디로 오만방자함이 하늘을 찔렀다고나 할까요. 하여간에 당

시 하늘 아래 자기만큼 대단한 자는 없다고 생각하던 자였습니다.

따라서 요시히데가 얼마나 그림 방면에서 자존심이 드셌는가는 새삼 아뢸 것까지도 없겠습니다. 하긴 그 그림이라는 것도 붓놀림이나 채색이 다른 그림쟁이들과는 완전히 달랐기 때문에, 사이가 좋지 않은 동료들 사이에서는 그를 사기꾼이다 뭐다 하는 평판도 꽤 있었던 것 같습니다. 그자들이 하는 말로는, 가와나리川成라든가, 가나오카金岡든가, 그 외에 옛날 명인들이 그린 그림으로 말할 것 같으면, 문짝에 그린 매화가 달뜬 밤마다 향기를 풍겼다느니, 병풍 속 사람이 피리를 부는 소리까지 들렸다느니 하는 우아한 소문이 나는 법이지만, 요시히데가 그린 그림은 언제나 으스스하고 기괴한 평판밖에 전해지지 않았습니다. 예를 들면 그자가 류가이지龍蓋寺 문에 그린 오취생사五趣生死 그림만 해도, 야심한 때 문 아래를 지나가면 천인天人이 탄식하는 소리며 흐느껴 우는 소리가 들린다고 합니다. 아니, 송장 썩는 악취를 맡았다고 하는 자도 있었습니다. 그리고 나리님 분부로 그린 마님들 초상화도, 거기에 그려진 사람은 삼 년이 지나기 전에 모두 혼

이 나가는 병 같은 것에 걸려 죽었다지 뭡니까. 나쁘게 말하는 자들 말을 들어보면 그

것이 요시히데의 그림이 사도(邪道)에 빠졌다는 가장 확실한 증거라고 합니다.

하지만 조금 전에도 말씀드린 바와 같이 관습에 벗어나는 일을 억지로 하는 자인지

라 그런 말이 오히려 요시히데에게는 큰 자랑거리가 되어, 언젠가 나리님께서 농으로

『그대는 이래저래 추한 것을 좋아하는 듯하군』 하고 말씀하셨을 때도, 나이답지 않

게 붉은 입술로 히쭉 꺼림칙하게 웃으며 『그렇사옵니다. 수박 겉만 핥는 화사(繪師)들은

추한 것의 아름다움을 알 리가 없사옵니다』 하고, 건방지게 아뢰었습니다. 아무리 천

하제일이라 해도 감히 나리님 안전에서 그따위 흰소리를 지껄이다니요. 아까 말씀드

렸던 제자가 마음속으로 스승에게 지라영수(智羅永壽)라는 별명을 붙여 점점 심해지는 교만함을

비난했다니, 그도 그럴 만합니다. 아시다시피 지라영수라 함은 옛날 중국에서 건너온

도깨비를 이르는 말입니다.

헌데 이 요시히데에게도──뭐라 말할 길 없이 비뚤어진 이 요시히데에게도 딱 한

군데、 사람다운 애정을 가진 구석이 있었습니다。

五。

이야기인즉슨、 요시히데가 시녀로 보낸 외동딸을 미치도록 어여쁘게 여겼다는 것입니다。 앞서 아뢰었던 대로、 그 여식도 지극히 심성이 곱고 아비를 생각하는 처자였으나、 그자가 자식을 끔찍하게 여기는 마음은 결코 그에 뒤지지 않을 것입니다。 아무튼 자기 딸년이 입을 옷이나 머리 장식이라면 어디 절에 시주 한 번 한 적 없는 그자가 돈 아까운 기색도 없이 죄다 사다 주었다니、 거짓말 같은 기분이 드는 게 아니겠습니까。

하지만 요시히데가 여식을 어여삐 여기는 마음은 그저 어여삐 여기기만 할 뿐이지、

앞으로 훌륭한 사위를 들이고자 하는 일은 꿈에도 생각지 않고 있었습니다. 사위는커녕 딸년에게 짓궂게 치근대는 녀석이라도 있다 치면 오히려 건달패라도 모아 야밤에 두들겨 팰 인간입니다. 그러니 딸년이 나리님의 명을 받잡고 시녀로 들어갔을 때도 그 아비는 대단히 못마땅해 하며 한동안 나리님 안전에서조차 얼굴을 구기고 있었습니다. 나리님께서 처자의 아름다움에 마음이 이끌려, 아비가 승낙치 않음에도 빼앗아 갔다는 둥 하는 소문은 아마 그러한 요시히데의 모습을 본 자들의 억측에서 나온 말이겠지요.

하기야 그 소문이 거짓이기는 하지만, 자식을 끔찍이 사랑하는 일념으로, 요시히데가 줄곧 딸년을 돌려주십사 빌었던 것은 확실합니다. 어느 때인가 나리님 분부로 아기 문수(文殊)보살님을 그렸을 때도 나리님께서 총애하시는 시동의 얼굴을 본떠 그렸는데, 멋진 그림이 나왔는지라 나리님께서도 지극히 만족하시어 『상으로 원하는 것을 주겠노라. 사양 말고 말하라』시며 고마우신 말씀을 내리셨습니다. 그러자 요시히데는 황송

해하며 『아무쪼록 제 여식을 돌려주소서』하고 주저 없이 아뢰었습니다. 다른 나리도 아니고 호리카와 나리님 곁을 모시게 된 것을, 아무리 어여뻐서라지만 그렇게 노골적으로 그만두게 해 달라는 자가 또 어느 나라에 있겠습니까. 이 말에는 도량 넓으신 나리님께서도 적이 심기가 불편하셨는지 잠시 그저 묵묵히 요시히데의 얼굴을 쳐다보고 계시다가 얼마 안 있어, 『그러는 아니 된다』하고 내뱉듯 말씀하시고는 그대로 급히 일어서셨습니다. 이런 일이 그 후에도 너덧 번 있었을까요, 지금 와서 생각하니 나리님께서 요시히데를 바라보시는 눈빛은 그때마다 점점 차가워진 듯합니다. 또한 그런 일이 있자 처자는 제 아비 신상이 걱정이 된 탓이라고나 할까, 방으로 물러나 있거나 할 때는 이따금 소매를 깨물며 훌쩍훌쩍 울곤 했습니다. 그래서 나리님께서 요시히데의 여식에게 마음을 두고 계시다는 둥 하는 소문이 더더욱 퍼지게 된 것입니다. 개중에는 지옥변 병풍의 유래도, 실은 그 처자가 나리님 뜻을 따르지 않았기 때문이라고 입을 놀려 대는 자도 있었지만, 말할 것도 없이 그럴 리는 없습니다.

저희들 눈으로 보자면 나리님께서 요시히데의 여식을 돌려보내지 않으신 것은 오직 처자의 신세를 불쌍히 여기셨기 때문이고, 그런 꽉 막힌 아비 곁에 있기보다는 나리님 댁에 두고 아무런 부족함 없이 살게 해 주시려는 고마우신 배려였던 것 같습니다. 그렇지만 원래 마음씨가 고운 그 처자를 유난히 편애하셨던 것은 틀림없습니다. 하지만 여색을 밝히셨다고 하는 건 필시 견강부회(牽強附會)하는 이야기일 것입니다. 아니, 근거도 없는 거짓이라고 하는 편이 좋을 정도입니다.

아무튼 그건 그렇다고 치고, 그렇게 딸년 일로 요시히데에 대한 나리님의 생각이 어지간히 나빠졌을 때입니다. 무슨 생각이셨는지 나리님께서는 갑자기 요시히데를 불러 들여 지옥변 병풍을 그리거라 분부하셨습니다.

六.

지옥변 병풍이라고 하니 저는 벌써 그림 속 무시무시한 광경

이 또렷이 눈앞에 떠오르는 듯합니다. 같은 지옥변 그림이라 해도 요시히데가 그린 그

림은 다른 그림쟁이의 작품에 비하자면 일단 구도부터 다릅니다. 병풍 한구석에는 조

그맣게 시왕(十王)을 비롯한 권속(眷属)들의 모습이 그려져 있고, 병풍 가득히 붉은 연꽃처럼 무섭

게 타오르는 불길이 침산(針山)의 칼나무까지 녹여 버릴 기세로 소용돌이치고 있었습니다.

벼슬아치들이 입은 중국 의상을 점점이 노랑이며 파랑으로 칠한 것 말고는 어딜 봐도

활활 타오르는 불꽃색인데, 그 속에서 마치 만자(卍字)와도 같이 먹으로 휘갈긴 검은 연기와

금가루를 뿌린 불티가 미쳐 날뛰고 있었습니다.

그것만으로도 충분히 사람 눈을 놀라게 하는 필세입니다만, 거기에 업화(業火) 속을 데굴 데굴 구르며 괴로워하고 있는 죄인들 역시 평범한 지옥도에서는 거의 볼 수 없는 모습 입니다. 왜냐하면 요시히데는 그 많은 죄인들의 모습을, 위로는 고관대작부터 아래로 는 거지 망나니에 이르기까지 온갖 신분의 인간으로 그렸기 때문입니다. 사모관대 위 엄 있는 벼슬아치, 날개옷 겹쳐 입은 요염한 궁녀, 염주를 목에 건 염불승, 굽 높은 나막신을 신은 서생, 긴 옷을 입은 여자아이, 제물을 치켜든 음양사(陰陽師)──하나하나 헤 아리자면 한도 끝도 없습니다. 아무튼 그런 가지각색의 인간들이 불꽃과 연기가 거꾸 로 소용돌이치는 아비규환 속에서 사람 몸통에 소나 말 대가리가 달린 옥졸(獄卒)들에게 학 대를 당하며 태풍에 휘날리는 낙엽처럼 어지럽게 사방팔방 도망쳐 다니고 있는 것입 니다. 갈라진 창끝에 머리채가 얽혀 거미처럼 수족을 옴츠리고 있는 계집은 무녀 족속 이라도 되는 거겠고 창에 가슴이 꿰뚫려 박쥐처럼 거꾸러진 사내는 얼뜨기 관리 족속 임에 틀림없을 것입니다. 그밖에도 쇠몽둥이로 맞는 자, 혹은 천근만근 바위에 깔린

자, 혹은 怪鳥 괴조의 부리에 쪼이는 자, 혹은 毒龍 독룡의 아래턱에 물린 자——형벌의 종류도

죄인 수만큼이나 많아 몇 가지인지 셀 수가 없습니다.

허나 그중에서도 특히 눈에 띄게 끔찍해 보이는 것은, 흡사 짐승 이빨과도 같은 칼

나무 꼭대기를 거의 스치면서 (그 칼나무 가지에는 이미 수많은 亡者 망자들이 五体 오체가 꿰뚫려 있었습니

다만) 공중에서 떨어지는 한 대의 가마일 것입니다. 지옥 바람에 날려 올라간 가마의

발 너머에는 중전이나 후궁으로 보일 정도로 화려하게 차려입은 여인이 머리채를 있

는 대로 불길 속에 휘날리며 뿌연 목줄기를 뒤로 젖히고 괴로워 몸부림을 치고 있는

데, 그 여인의 모습이며, 또 불타고 있는 가마며, 어느 하나 炎熱地獄 염열지옥의 모진 고통을

떠오르지 않게 하는 것이 없습니다. 말하자면 커다란 그림 속의 공포가 그 한 사람에

게 모조리 응축되어 있다고나 할까요. 이를 보는 자의 귓전에 끔찍한 비명이 절로 전

해질 만큼 참으로 신묘한 경지에 이른 솜씨였습니다.

아아, 그렇습니다. 이 그림을 그리기 위해 그토록 처참한 일이 벌어진 것입니다.

그 일이 없었더라면 아무리 천하의 요시히데라 해도、 어떻게 그리도 생생하게 나락^{奈落}의 고통을 그릴 수 있었겠습니까。 그자는 이 병풍 그림을 완성한 대가로 목숨까지 버리게 되는 끔찍한 일을 당했습니다。 다시 말해 그가 그린 지옥은、 천하제일 화사 요시히데 자신이 언젠가 떨어질 지옥이었던 것입니다。

소인이 그 희귀한 지옥변 병풍 이야기를 너무 급하게 서두른 나머지 어쩌면 이야기 순서가 뒤집어졌을지도 모르겠습니다。 하지만 지금부터는 다시 순서에 맞게 나리님께 지옥변 병풍을 그리라는 분부를 받은 요시히데의 이야기로 되돌아가겠습니다。

七。

요시히데는 그 후로 대여섯 달 동안 나리님 댁에도 통 찾아뵙

질 않고 병풍 그림에만 몰두하고 있었습니다. 그토록 자식을 끔찍이 생각하던 자가 일

단 그림을 그리기 시작하면 딸년 얼굴을 볼 마음도 없어진다고 하니, 신기한 일 아니

겠습니까. 앞서 말씀드렸던 제자가 말하기로는, 여하튼 그자는 일을 시작했다 하면

마치 여우에 홀린 사람 같다고 합니다. 아니, 실제로 당시 풍문에 요시히데가 그림으

로 이름을 떨친 건 복덕(福德)의 신령께 맹세를 드렸기 때문인데, 그 증거로는 그자가 그림

을 그리고 있는 것을 몰래 살짝 엿보았더니, 틀림없이 음험한 여우의 혼령 모습이, 그

것도 한 마리가 아니라 전후좌우에 떼를 지어 있는 게 보이더라 말하는 이도 있었습니

다. 그럴 정도였으니 일단 붓을 들게 되면 그림 그리는 일 말고는 전부 잊어버리는 모양입니다. 밤낮으로 방에만 틀어박혀 좀처럼 해를 보는 일도 없다고 합니다. 특히 지옥변 병풍을 그릴 때는 그 몰두하는 모양새가 대단했던 듯합니다.

대단했다는 말은, 그자가 대낮에 덧문을 내린 방 안에 틀어박혀 흔들리는 등잔불 아래서 비밀스런 물감을 섞었다든지 혹은 제자들에게 관복이며 평복이며 갖가지 옷을 입혀 놓고 그 모습을 하나씩 꼼꼼히 그렸다든지——그런 걸 두고 하는 말이 아닙니다.

그 정도 요상한 짓거리라면 꼭 지옥변 병풍이 아니더라도 그림을 그릴 때는 매번 그런 것 같다고 합니다. 아니, 실제로 류가이지의 龍蓋寺 오취생사 五趣生死 그림을 그릴 때는 온전한 사람이라면 일부러 외면하고 지나갈 길거리 송장 앞에 느긋하게 앉아 반쯤 썩어 문드러진 얼굴이며 팔다리를 터럭 한 올까지 그대로 옮겨 그리기도 했습니다. 그러면 그 몰두하는 모양새가 대단했다는 건 대체 뭘 두고 하는 말인지 도무지 모르겠다는 분도 계실 것입니다. 그걸 지금 여기에서 소상히 아뢸 만큼 한가하지는 않으나, 주요한 이야기를 들려 드리자면 대충 이렇습니다.

요시히데의 제자 하나가 (이 역시 이미 말씀드렸던 자입니다) 어느 날 물감을 개고 있었는데 갑자기 스승이 다가오더니 『난 잠깐 낮잠을 자야겠다. 그런데 아무래도 요즘 꿈자리가 사나워서……』 하고 말하더랍니다. 별로 이상할 것도 없는 일이라 제자는 손을 계속 놀리며 그저 『그러십니까』 하고 대충 맞장구를 쳤습니다. 하지만 요시히데는 전에 없이 쓸쓸한 표정을 지으며 『그러니까 내가 낮잠을 자는 동안 머리맡에 앉아 있으란 말이다』 하고 주저주저 부탁하는 게 아니겠습니까.

제자는 스승이 별안간 꿈자리 같은 걸 신경 쓰는 게 이상하다고 생각했지만 그게 별로 어려운 일도 아닌지라 『예. 알겠습니다』 하고 대답했는데 스승은 여전히 걱정스럽게 『그럼 즉시 안으로 들어오너라. 다만 나중에 다른 제자들이 와도 내가 자는 곳에는 들이지 말거라』 하고 머뭇거리면서 일렀습니다. 안이라 하는 것은 그자가 그림을 그리는 방으로, 그날도 밤처럼 문을 닫아걸고 희미한 등불을 밝힌 채 버드나무 숯으로 밑그림만 그린 병풍을 빙 둘러세워 놓았다고 합니다.

그래서 방으로 들어갔더니 요시히데는 팔을 베개 삼아 마치 피곤에 지친 사람처럼

새근새근 잠들어 버렸는데, 불과 반 시간이 지나기도 전에, 머리맡에 있는 제자의 귀

에 무어라 말할 수 없는 기분 나쁜 소리가 들려오기 시작했습니다.

八。

그게 처음에는 그저 소리였는데 조금 있으니 차차 띄엄띄엄 말

이 되어, 비하자면 물에 빠진 사람이 물속에서 신음하듯 그렇게 말하는 것이었습니다.

『뭐라고? 이리로 오라고? ──어디로? ──어디로 오라고? 나락^{奈落}으로 오라고?

염열지옥^{炎熱地獄}으로 오라고? ──누구냐, 그러는 네놈은? ──네놈은 누구냐? 누군가 했

더니──.』

제자는 엉겁결에 물감 개던 손을 멈추고 쭈뼛쭈뼛 스승의 얼굴을 뚫어져라 들여다보았는데, 주름투성이 얼굴이 새하얗게 질린 데다 굵은 땀방울을 흘리며 바싹 마른 입술에 이가 드문드문 빠진 입을 헐떡이듯 크게 벌리고 있었습니다. 그리고 입 안에 뭔가 실이라도 매달아 잡아당기는 게 아닐까 하는 생각이 들 정도로 정신없이 움직이는 것이 있다 싶었는데, 그게 그자의 혓바닥이었다는 게 아닙니까. 띄엄띄엄 나오는 말은 물론 그 혓바닥에서 나오는 것이었습니다.

『누군가 했더니──그래, 네놈이로구나. 나도 네놈일 거라 짐작했다. 뭐라? 마중을 나왔어? 그러니까 오너라. 나락으로 오너라. 나락에는──나락에는 내 딸이 기다리고 있다.』

그때 제자의 눈에 몽롱하게 괴이한 그림자가 병풍을 스치며 스멀스멀 내려오는 것처럼 보일 만큼 왠지 무서운 마음이 들었다고 합니다. 물론 제자는 즉시 요시히데를 있는 힘껏 흔들어 깨웠지만, 스승은 아직 비몽사몽 혼잣말을 내뱉고 있어 쉽사리 눈을 뜰 기색이 없었습니다. 그래서 제자는 마음을 단단히 먹고 옆에 있던 붓 씻는 그릇에 있는 물을 촤악 그 자의 얼굴에 뿌렸습니다.

『기다리고 있을 테니, 이 가마를 타고 오너라──이 가마를 타고──나락으로 오너라──』 하는 소리가 그와 동시에 목이 졸리는 듯한 신음 소리로 바뀌는가 싶더니, 겨우 요시히데는 눈을 뜨고 바늘에 찔린 것보다도 깜짝 놀라 벌떡 일어섰습니다만, 여전히 꿈속 괴이한 도깨비가 눈가에서 떠나지 않았던 모양입니다. 한동안 그저 겁에 질린 눈초리로, 여전히 입을 벌린 채 허공을 응시하고 있다가 드디어 정신이 돌아온 듯

『이제 괜찮으니 그만 가보거라』 하고, 이번에는 너무나도 쌀쌀맞게 말하는 것입니다. 제자는 이런 상황에서 기분을 거슬렀다가 항상 큰 꾸중을 받았는지라 급히 스승의 방에서 나왔는데, 아직 환한 바깥 햇빛을 보고 나서야 마치 자기가 악몽에서 깨어난 것 같이 안심이 되더라 말했습니다.

하지만 이 같은 일은 차라리 다행스러운 편이었고, 그 후로 한 달쯤 지나서 또 이

번에는 다른 제자를 일부러 안으로 불렀습니다. 요시히데는 역시나 침침한 등잔 불빛

속에서 붓을 입에 물고 있었는데, 갑자기 제자 쪽을 돌아보더니 『수고스럽겠지만 또

벌거벗어 쥐야겠다』 하고 말하는 것이었습니다. 그건 지금까지도, 툭하면 시켰던 일

이었기에 제자가 즉시 옷을 벗고 알몸이 되자, 그자는 묘하게 인상을 쓰며 『쇠사슬

에 묶인 사람을 보고 싶은데, 미안하지만 잠시 내가 하는 대로 가만히 있거라』 하며

조금도 미안하다는 기색 없이 냉담하게 말했습니다. 원래 이 제자는 붓을 쥐는 것보다

칼을 잡는 편이 좋을 것 같은 늠름한 젊은이였습니다만, 이 말에는 과연 놀랐는지 아

주 훗날까지 당시 이야기를 할 때면 『이건 스승이 정신이 나가 나를 죽이려는 게 아

닐까 생각했다』고 여러 번 말했다고 합니다. 그러나 요시히데 입장에서는 상대가 꾸

물꾸물하는 게 답답했나 봅니다. 어디서 꺼냈는지 가는 쇠사슬을 절그럭절그럭 끌면

서 거의 덤벼들 듯한 기세로 제자의 등에 올라타더니, 다짜고짜 양팔을 비틀어 친친

감아 버렸습니다. 게다가 또 쇠사슬 끝을 인정사정없이 힘껏 잡아당겼으니 어쩔 수가 없었겠지요. 그 바람에 제자의 몸은 삐거덕거리는 마룻바닥 위로 벌렁, 모로 넘어갔던 것입니다.

九。

그때 제자의 꼴은, 마치 술항아리를 넘어뜨려 놓은 것 같다고나 할까요. 어쨌든 수족이 무자비하게 비틀린 채 묶였으니 움직이는 거라곤 그저 머리통뿐이었습니다. 게다가 살이 오른 온몸의 피가 쇠사슬에 짓눌려 돌지 못해 얼굴이고 몸이고 할 것 없이 살갗이 온통 불그죽죽해지는 게 아닙니까. 하지만 요시히데는 그것도 별로 신경 쓰지 않고 그 술항아리 같은 몸 주위를 이리저리 둘러보면서 똑같은 장면을 몇 장이나 베껴

그리고 있는 것입니다. 그 사이, 묶여 있던 그 제자 몸이 얼마나 괴로웠을까 하는 것

은 구태여 말씀드릴 필요도 없겠습니다.

허나 만약 아무 일도 일어나지 않았다고 한다면, 그 고통은 아마 더 오래 계속되었

을 것입니다. 다행이도 (라고 하는 것보다 「불행히도」라고 하는 편이 좋을지도 모르겠습니다) 조

금 있으니 방 한구석에 있던 항아리 뒤에서 마치 새카만 기름 같은 것이 한 줄기 구불

거리며 흘러나왔습니다. 그게 처음에는 상당히 끈끈한 것처럼 천천히 움직였는데, 점

점 미끈미끈 미끄러지기 시작하더니 이윽고 반드르르 빛나면서 코앞까지 흘러 당도한

것을 보고는 제자는 저도 모르게 숨을 들이쉬며 『배――뱀이――!』하고 아우성을

쳤습니다. 그때는 완전히 온몸의 피가 한꺼번에 얼어붙는 줄 알았다는데, 그 말도 이

해는 됩니다. 뱀은 정말 금방이라도 쇠사슬이 파고든 목덜미에 그 싸늘한 혀끝을 갖다

댈 참이었습니다. 그런 뜻밖의 사건에는 아무리 비뚤어진 요시히데라 해도 가슴이 철

렁했겠지요. 황급히 붓을 내던지며 눈 깜짝할 새 허리를 숙이는가 싶더니, 재빨리 뱀

꼬리를 잡아채 대롱대롱 거꾸로 들어 올렸습니다. 뱀은 거꾸로 달려 있으면서도 대가리를 쳐들고 몸을 세차게 말아 올렸지만 아무래도 그자의 손까지는 닿지 못했습니다.

『네놈 때문에 아깝게도 일필을 망쳤어.』
一筆

요시히데는 화가 치민 듯 그리 중얼거리며 뱀은 그대로 방 한구석 항아리 속으로 던져 넣고, 그리고 마지못해 제자의 몸에 묶인 쇠사슬을 풀어 주었습니다. 그것도 그저 풀어 주기만 한 것뿐이고, 고생한 제자에게는 다정한 말 한마디 해 주지 않았습니다. 아마 제자가 뱀에 물리는 것보다도 일필을 그르친 것에 부아통이 치민 모양입니다.—나중에 듣자하니 이 뱀도 역시 보고 그리기 위해 일부러 그자가 기르던 것이라고 합니다.

여기까지만 말씀드려도 실성한 것처럼 몰두하는 요시히데의 섬뜩한 꼬락서니를 대충 알 수 있을 것입니다. 그리고 마지막으로 한 가지 더. 이번에는 아직 열서넛 밖에 안 된 제자가 역시 지옥변 병풍 덕에, 말하자면 죽다 살아난 끔찍한 일을 당했습니다.

그 제자는 날 때부터 살결이 뽀얀 계집 같은 아이였는데, 어느 날 밤 무심코 스승의 방으로 불려 갔습니다. 요시히데는 등잔불 밑에서 손바닥에 뭔가 비린내 나는 고기를 올려놓고 눈에 익지 않은 새 한 마리에게 먹이고 있었습니다. 크기는 일단 보통 고양이만 했을까요. 그러고 보니 귀처럼 양쪽으로 삐죽 솟아오른 깃털이며 커다랗고 둥근 호박색 ^{琥珀} 눈알이 척 보기에도 어쩐지 고양이를 닮았습니다.

十。

원래 요시히데라는 자는 뭐든지 자기가 하는 일에 참견하는 것을 제일 싫어했기에, 앞서 말씀드린 뱀도 그렇지만 자기 방 안에 무엇이 있는지, 그런 건 제자들에게 일절 알려준 적이 없습니다. 그래서 간혹 탁자 위에 해골이 놓여 있거나 어떨 때는 또 무쇠 그릇이며 금박 입힌 그릇이 줄지어 있는 등, 그때 그리는 그림에 따

라 도무지 생각지도 못한 물건들이 나와 있었습니다. 하지만 평소에는 그런 것들을 도

대체 어디에 넣어 두는지 그건 또 아무도 모른다고 합니다. 그자가 복덕의 신께 은혜를

받았다는 둥 하는 소문도 한편으로는 그런 일들이 있었기 때문인 것 같습니다.

그래서 제자는 책상 위에 있던 그 이상한 새 역시도 지옥변 병풍을 그리는 데 필

요한 것이 틀림없다, 그리 생각하면서 스승 앞에 무릎 꿇고 앉아 『무슨 일이시옵니

까?』 하고 공손히 물었는데, 요시히데는 그 말이 들리지도 않는 듯이 그 붉은 입술을

혀로 핥더니 『어떠냐, 길이 잘 들지 않았느냐?』 하며 새를 턱으로 가리키더랍니다.

『이건 무슨 새이옵니까? 소인, 여태까지 한 번도 본 적이 없습니다만.』

제자가 그렇게 말하며 그 귀 달린 고양이 같은 새를 기분 나쁜 듯 흘끔흘끔 쳐다보

자, 요시히데는 항상 그렇듯 비웃는 듯한 투로 『뭐라? 본 적이 없다고?

도성에서 자란 놈들은 이래서 안 돼. 이건 이삼일 전에 구라마^{鞍馬}의 사냥꾼이 준 부엉이

라는 새다. 그렇지만 이렇게 길이 든 건 거의 없지.』

그리 말하면서 그자는 천천히 손을 들어 마침 먹이를 다 먹은 부엉이 등 깃털을 살

살 쓸어 올렸습니다. 그런데 바로 그 순간이었습니다. 새는 갑자기 날카로운 소리로

짧게 한 번 우는가 싶더니, 순식간에 책상 위에서 날아올라 두 다리의 발톱을 뻗치며

느닷없이 제자의 얼굴로 달려들었습니다. 만약 그때 제자가 소매로 황급히 얼굴을 가

리지 않았다면, 분명 상처 한두 군데는 벌써 입었을 것입니다. 악 소리를 지르며 소매

를 털어 쫓아내려 했지만 부엉이는 겁이라도 주는 것처럼 부리를 딱딱거리며 또 다시

덤비고——제자는 스승 앞인 것도 잊고, 일어서서 막아도 보고 앉아서 쫓아도 보고 저

도 모르게 좁은 방 안을 이리저리 도망쳐 다녔습니다. 괴조怪鳥도 물론 그에 따라 높게,

낮게 날아다니며 틈만 있으면 무서운 기세로 눈을 노리고 날아들었습니다. 그때마다

퍼덕퍼덕 날개를 치는 것이, 낙엽 냄새인지 폭포 물보라인지 아니면 또는 원숭이술이猿酒

쉰 훈김인지, 괴이한 낌새가 풍겨 그 으스스함은 말로 다 못 할 지경이었습니다. 그

제자 말로는 어두침침한 등잔 불빛조차 몽롱한 달빛처럼 보였고, 스승의 방이 마치 머

나먼 깊은 산 속 요기 감도는 계곡처럼 불안한 기분이 들었다고 합니다.

하지만 제자가 두려워했던 이유는 딱히 부엉이에게 공격을 받아서만은 아니었습니다. 아니, 그보다 한층 소름끼쳤던 것은 스승 요시히데가 그 난리를 냉담하게 바라보다가 유유히 종이를 펴고 붓을 핥으며 계집 같은 소년이 괴상한 새에게 시달리는 끔찍한 모습을 그리고 있었다는 사실입니다. 제자는 언뜻 그것을 보고는, 갑자기 말할 길 없는 공포에 휩싸여 언젠가 정말로 스승 때문에 죽는 게 아닌가 생각했다고 합니다.

十一.

사실 스승에게 죽는 일이 절대로 없었을 거라고는 할 수 없습니다. 실제로도 그날 밤 일부러 제자를 불렀던 것도, 실은 부엉이를 부추겨 덤벼들게 해서 제자가 도망 다니는 모습을 그리겠다는 속셈이었던 것 같습니다. 제자는 스승의 모습을 보자마자 저도 모르게 양쪽 소매로 얼굴을 가리고 자기도 뭐라고 생각나지 않는 비명을 지르며 그대로 방 한구석 미닫이 아래에서 오도가도 못하고 있었습니다. 그런데 그 찰나에 요시히데도 뭔가 당황한 기색으로 소리를 치며 벌떡 일어섰는데, 금세 부엉이의 날갯짓 소리가 전보다 한층 거세지고 물건이 넘어지는 소리며 깨지는 소리가 요란스레 들리는 게 아니겠습니까. 이에 제자가 또 한 번 허둥거리며 엉겁결에 가리고 있던 얼굴을 들고 보니, 방 안은 어느 사이엔가 깜깜해져 있었고, 스승이 제자들을 불러대는 소리가 어둠 속에서 애타게 들려왔습니다.

이윽고 제자 하나가 멀찍이서 대답을 하고는 잠시 후 초롱불을 들고 다급히 달려왔는데, 검댕 냄새가 나는 초롱을 들이밀고 비춰 보니 등잔대가 넘어져 마루와 다다미가 온통 기름 범벅인데다가 조금 전 그 부엉이가 고통스럽다는 듯 한쪽 날개만 푸닥거리며 나뒹굴고 있었습니다. 요시히데는 탁자 너머에서 반쯤 몸을 일으킨 채, 정말이지

어처구니가 없다는 표정으로 무슨 소린지 사람이 알아들을 수 없는 말을 투덜거리고 있었습니다. 그럴 만도 했습니다. 그 부엉이 몸통에는 시커먼 뱀 한 마리가 목부터 한쪽 날개에 이르기까지 칭칭 휘감겨 있었습니다. 아마도 제자가 주저앉을 때 거기 있던 항아리를 넘어뜨렸는데, 그 안에 있던 뱀이 기어 나와 이를 본 부엉이가 선불리 덤벼들다가 결국 그런 큰 소동이 일어났을 것입니다. 두 제자는 눈과 눈을 서로 마주보며 한동안 그저 이 희한한 광경을 멍청히 바라보고 있다가, 이내 스승에게 가볍게 고개를 숙여 인사를 하고는 슬금슬금 제 방으로 물러가 버렸습니다. 뱀과 부엉이가 그 후에 어찌 되었는지, 그건 아무도 아는 자가 없습니다──.

그러한 일은 그밖에도 수없이 많았습니다. 앞에서는 빠뜨렸습니다만, 지옥변 병풍을 그리라는 분부가 있으셨던 게 초가을이었으니 그 후 늦겨울까지 요시히데의 제자들은 끊임없이 스승의 괴상한 짓거리에 벌벌 떨고 있었던 것입니다. 하지만 그해 겨울 끝자락에 요시히데는 뭔가 병풍 그림에서 마음대로 되지 않는 일이 생겼던 것일까요,

그 전보다 훨씬 음침해지고 말투도 눈에 띄게 거칠어졌습니다. 또한 병풍 그림 역시 밑그림이 팔 할 정도만 완성된 채, 더 진행될 기미는 없었습니다. 아니, 자칫 잘못하면 여태껏 그린 것까지 죄다 지워 버리기라도 할 기세였습니다.

그러나 병풍의 어디가 마음대로 안 되는 것인지 그건 누구도 모릅니다. 또 알려고 하는 사람도 없었을 것입니다. 온갖 사건에 넌더리를 내고 있던 제자들이 마치 호랑과 虎 狼 한 우리에 있기라도 한 심정으로 스승 근처에는 되도록 가까이 가지 않을 궁리만 했기 때문이겠지요.

十二。

따라서 그 사이의 일에 대해서는 특별히 따로 아뢸 만한 이야

기도 없습니다. 혹여 구태여 아뢰자면, 그건 그 고집쟁이 노인네가 왠지 이상하리만

치 눈물이 많아져 남이 없는 데서는 가끔 혼자서 울었다는 이야기 정도입니다. 특히

어느 날 무슨 일로 제자 하나가 뜰 앞에 나갔는데, 복도에 서서 멍하니 봄이 가까워진

하늘을 쳐다보는 스승의 눈에 눈물이 그렁그렁했다고 합니다. 제자는 그걸 보고 오히

려 자기가 더 부끄러운 기분이 들어 말없이 자리를 피했다고 했지만, 오취생사 그림을

그리기 위해 길가 시체까지 베껴 그렸다는 그 오만한 자가 병풍 그림이 마음대로 그려

지지 않는 정도의 일로 어린애처럼 눈물을 흘렸다니, 참으로 이상한 얘기지요.

그런데 한편 요시히데가 이렇게 마치 제정신 박힌 사람이라고는 생각할 수 없을 만

큼 병풍 그림에 몰두하며 그림을 그리고 있는 동안, 또 한편으로는 그 여식이 왠지 점

점 침울해져서 소인들에게까지 이따금 눈물을 삼키는 모습을 들키곤 했습니다. 원래

적적한 표정에 얼굴이 하얀 다소곳한 처자였기에, 그리 되니 어쩐지 속눈썹이 무거워

지고 눈가에 그늘이 진 것처럼 더욱 쓸쓸하게 보였습니다. 처음에는 아비가 그리워서

라느니 상사병을 앓고 있어서라느니 억측을 한 자들도 여럿 있었지만 언젠가부터, 뭐

냐 그게 나리님께서 어떻게 하시려 하기 때문이라는 소문이 돌기 시작했고, 그 후로는

모두가 까맣게 잊은 듯, 일절 그 처자에 대한 소문을 입에 올리지 않게 되었습니다.

딱 그때쯤일 것입니다. 어느 날, 밤도 한참 깊은 시각에 소인이 혼자 복도를 지나가

고 있는데 그 원숭이 요시히데가 갑자기 어디에선가 뛰쳐나오더니 제 바지 자락을 잡

아당기는 것입니다. 분명, 그때는 매화 향기라도 풍기는 듯 엷은 달빛이 비치던 푸근

한 봄밤이었습니다만, 달빛 속에서 원숭이가 허연 이빨을 드러내고 코끝에 주름을 잡

고는 미친 듯 날카로운 소리로 울어 대는 게 아닙니까. 소인은 꺼림칙한 마음이 셋,

새 바지를 잡아당겨 귀찮은 마음이 일곱이라, 처음에는 원숭이를 차 버리고 그대로 지

나갈까도 했습니다만, 다시 생각해 보니 일전에 그 원숭이를 야단쳤다가 도련님의 노

여움을 산 사무라이도 있었습니다. 게다가 원숭이가 하는 짓이 아무래도 예사롭다고

는 생각되지 않았습니다. 그래서 마침내 소인도 마음을 단단히 먹고 무작정 원숭이가

잡아당기는 쪽으로 얼마간 걸어갔습니다.

그리고 복도 모퉁이를 한 번 돌아 밤눈에도 우아하게 가지를 뻗은 소나무 너머로 희뿌연 연못물이 널찍이 내다보이는 바로 그곳까지 갔을 때였습니다. 어딘가 가까운 방에서 사람이 다투는 기척이 어수선하게, 또 묘하게 조용히 소인 귀를 덮쳤습니다. 주위는 어디나 쥐 죽은 듯 고요했고 달빛인지 안개인지 알 수 없는 것이 부옇게 피어오르는 어둠 속에는 연못에서 물고기 뛰어오르는 소리 말고는 말 한마디 들리지 않았습니다. 그런 와중에 나는 소리였으니 소인은 부지불식간에 멈춰 서서 혹시 불한당이라도 있다면 혼을 내 주려고 살금살금 미닫이문으로 숨을 죽이고 다가갔습니다.

十三。

하지만 원숭이는 소인 하는 짓이 답답했던 것일까요. 요시히데는 정말이지 애가 탄다는 듯 두어 번 다리 주변을 맴도는가 싶더니 마치 목을 졸리는 것 같은 소리로 울면서 느닷없이 소인 어깨 언저리로 단숨에 뛰어올랐습니다. 소인은 발톱에 긁히지 않으려 무의식중에 고개를 돌렸고, 원숭이는 다시 옷소매에 매달리며 제게서 떨어지지 않으려 하는――그 와중에 소인은 저도 모르게 두어 걸음 비틀대다 미닫이문에 등을 세게 부딪쳤습니다. 그리 된 이상 잠시라도 망설이고 있을 수가 없었습니다. 소인은 단숨에 미닫이를 열어젖히고 달빛도 비치지 않는 방 안으로 뛰어들려 했습니다. 하지만 그때 소인 눈을 가로막은 것은――아니, 그것보다 방에서 텅

겨 나오는 듯한 여인을 보고 깜짝 놀랐습니다. 여인은 자칫하면 저와 부딪칠 듯 다급하게 뛰쳐나오더니 그대로 바닥에 나동그라졌는데, 어째서인지 그 자리에 무릎을 꿇고 숨을 몰아쉬며 제 얼굴을 무언가 무시무시한 것이라도 보듯 와들와들 떨면서 올려다보았습니다.

그것이 요시히데의 여식이었다는 것은 굳이 아뢸 것까지도 없을 것입니다. 하지만 그날 밤 그 처자는 마치 다른 사람처럼 싱그럽게, 소인 눈에는 비쳤습니다. 커다란 눈은 빛이 났습니다. 뺨도 빨갛게 불타고 있었습니다. 거기에 마구 헝클어진 치마저고리가 평소의 앳된 모습과는 전혀 다른 요염함마저 더했습니다. 이 처자가 정말 그 가녀리고 무슨 일에나 조심스러운 요시히데의 여식인가——소인은 미닫이문에 기대어서서 달빛 속 아름다운 처자의 모습을 바라보며 황급히 멀어져가는 또 한 사람의 발소리를 향해, 손가락질 당할 만도 하다는 듯 손가락으로 가리키며 누구냐고 조용히 눈으로 물었습니다.

그러자 처자는 입술을 깨물며 말없이 고개를 저었습니다. 그 모습이 또한 너무나 분한 듯했습니다. 그래서 소인은 몸을 굽혀 처자의 귀에 입을 대고, 이번에는 『누구지?』 하고 작은 소리로 물었습니다. 하지만 처자는 역시 고개만 저었을 뿐, 뭐라 대답을 하지 않았습니다. 아니, 그와 동시에 긴 속눈썹 끝에 눈물을 가득 매달면서 전보다 단단히 입술을 깨무는 것이었습니다.

날 때부터 어리석은 소인은 누구나 알고 있을 만한 일 말고는, 송구하오나 무엇 하나 알지를 못합니다. 그래서 소인, 뭐라 말해야 할지도 모르고 한동안 그저 처자의 가슴이 요동치는 소리에 귀를 기울이는 심정으로 그 자리에 가만히 못 박혀 있었습니다.

왠지 더 이상 캐묻는 것이 안쓰러웠고, 죄책감이 들었기 때문입니다.

그렇게 얼마 정도 있었는지는 모릅니다. 하지만 결국 저는 활짝 열린 문을 닫고 조금은 기분이 가라앉은 듯한 처자를 돌아보며 『이제 방으로 들어가거라』 하고 최대한 부드럽게 말했습니다. 그리고 소인 역시도 뭔가 봐서는 안 될 것을 본 듯한 불안한 마음이 엄습하여, 누구에게인지 모를 부끄러운 마음을 품고는 조용히 아까 왔던 쪽으로 걸어갔습니다. 그런데 미처 열 걸음도 가기 전에 누군가 또 바지 자락을 뒤에서 조심조심 잡아당기지 뭡니까. 소인은 깜짝 놀라 돌아보았습니다. 그게 무엇이었을 거라 생각하십니까?

돌아보니, 소인 발치에 그 원숭이 요시히데가 사람처럼 두 손을 짚고 황금 방울을 울리며 몇 번이나 공손하게 머리를 숙이고 있었던 것입니다.

十四。

그리고 그날 밤 사건이 있고, 보름쯤 후의 일입니다. 어느 날 요시히데는 갑자기 나리님 댁에 찾아와 나리님을 알현하겠다고 청했습니다. 비천한 신

분이지만 평소에 각별히 마음에 들어 하셨기 때문이겠지요. 아무나 쉽게 만나지 않으

셨던 나리님께서는 그날도 흔쾌히 승낙을 하시며 즉시 안전으로 부르셨습니다. 그자는

늘 하던 대로 외출복 차림에 다 주저앉은 두건을 쓰고 전보다 한층 고약한 표정을 지으

며 공손히 나리님 안전에 엎드려 절을 하더니, 이윽고 쉰 목소리로 아뢰었습니다.

『전부터 분부하신 지옥변 병풍에 관해서입니다만, 소인 밤낮으로 성심을 다해 붓

을 놀린 보람이 있어 이제 얼추 완성된 것이나 매한가지입니다.』

『그거 잘 되었구나. 나 역시 만족스럽다.』

허나 그렇게 말씀하시는 나라님 음성에는 왠지 묘하게 힘이 없고 맥이 빠진 듯한 구

석이 있었습니다.

『아니, 그게 전혀 잘 되지 않았습니다.』 하며 요시히데는 약간 화가 난 듯한 얼굴

로 가만히 눈을 깔고는 『얼추 완성은 되었는데 단 한 군데, 소인이 그릴 수 없는 곳

이 있습니다.』

『무어라? 그릴 수 없는 곳이 있어?』

『그러하옵니다. 소인 대체로 직접 본 것이 아니면 그릴 수 없습니다. 그린다 해도 마음이 내키지 않습니다. 그렇다면 못 그리는 것이나 마찬가지 아니겠습니까.』

이를 들으신 나리님께서는 얼굴에 조롱하는 듯한 미소를 떠올리셨습니다.

『그럼 지옥변 병풍을 그리려면 지옥을 봐야 하겠구나.』

『그러하옵니다. 그리고 저는 몇 해 전 큰 화재가 났을 때, 염열지옥의 맹화(猛火)와도 같은 불길을 눈앞에서 보았습니다. 「불길에 휩싸인 부동명왕」의 화염을 그릴 수 있었던 것도, 실은 그 화재를 보았기 때문입니다. 나리님께서도 그 그림은 알고 계실 줄로 압니다.』

『허나 죄인은 어쩔 셈이냐? 옥졸(獄卒)은 본 적이 없을 터인데?』 나리님께서는 마치 요시히데가 하는 말이 당치도 않다는 듯한 표정으로 그려 다그쳐 물으셨습니다.

『저는 쇠사슬에 묶인 자를 본 적이 있습니다. 괴조에게 시달림을 당하는 자의 모

습도 소상히 보고 그렸습니다. 그렇다면 죄인이 형벌에 괴로워하는 모습 역시 모른

다고는 할 수 없습니다. 또한 옥졸은——』 하고 요시히데는 꺼림칙한 웃음을 흘리며

『또 옥졸은 비몽사몽간에 몇 번이나 소인 눈앞에 나타났습니다. 소 대가리, 말 대가

리, 혹은 삼면육비(三面六臂)의 도깨비 형상이 소리도 나지 않은 손뼉을 치며, 소리도 나지 않는

입을 벌리고 소인을 괴롭히러 온 것이 거의 매일 밤이라고 해도 좋을 것입니다——.

소인이 그리려 해도 그릴 수 없는 것은 그런 게 아니옵니다.』

그 말에는 나리님께서도 과연 놀라셨던 모양입니다. 한동안 그저 답답하시다는 듯

요시히데의 면상을 쏘아보고 계시더니, 이윽고 눈썹을 험악하게 꿈틀거리시며 『그렇

다면 무엇을 그리지 못하겠다는 것이냐?』 하고 던지듯 말씀하셨습니다.

十五。

『소인은 병풍 한가운데 귀인이 탄 가마가 하늘에서 떨어지는 것을 그리려 하옵니다.』 요시히데는 이렇게 말하고는 비로소 날카롭게 나리님 얼굴을 쳐다보았습니다. 그자가 그림이라면 거의 미치광이가 된다는 말은 들었지만, 그때 그 눈빛에는 분명 그런 무서움이 어려 있었습니다.

『그 가마 안에는 아리따운 여인이 맹렬한 불길 속에서 검은 머리채를 흩뜨리고 괴로움에 몸부림치고 있습니다. 얼굴은, 연기에 목이 메어 눈썹을 찌푸리며 가마 지붕을 올려다보고 있을 것입니다. 손으로는 드리워진 발을 잡아 찢으며 비처럼 쏟아지는 불티를 막으려 할지도 모르겠습니다. 그리고 그 주위에는 기괴하고 사나운 새가 열마리, 스무 마리, 부리를 딱딱거리며 어지럽게 맴돌고 있습니다——。 아아, 그러나 그

가마 안에 있는 귀부인을 아무래도 소인은 그릴 수가 없습니다.』

『그래서──。 어떻다는 게냐?』

나리님께서는 무슨 영문이신지 갑자기 재미있다는 듯 요시히데를 재촉하셨습니다.

하지만 요시히데는 열이라도 올랐는지 그 붉은 입술을 떨면서 꿈이라도 꾸는 듯한 말투로 『그것을 소인은 그릴 수 없습니다』하고 다시 한 번 되풀이하더니 갑자기 물어뜯을 듯한 기세로 『부디 귀인이 탄 가마 한 대를, 소인이 보는 앞에서 불태워 주셨으면 합니다. 만약 그리 해주실 수만 있다면──。』

나리님께서는 표정이 어두워지는가 싶더니, 돌연 요란스레 웃으셨습니다. 그리고 웃으시느라 숨이 넘어갈 듯 말씀하시기를 『오호라, 모든 것을 그대가 말한 대로 해주마. 해줄 수 있고 없고는 말할 것도 없느니라.』

소인은 그 말씀을 듣고 불길한 예감이랄까 어쩐지 오싹한 기분이 들었습니다. 실제로 또한 나리님의 모습도, 입가에는 허연 거품이 고여 있었고 눈썹 언저리에는 실룩실록 번개가 치고 있어서 마치 요시히데의 광기에 물드신 것인가 하는 생각이 들 정도로 예사롭지가 않았습니다. 그리고 잠깐 말씀을 않으시다가 바로 또 뭔가 터지기라도 한 기세로 쉴 새 없이 껄껄 목청을 울리며 웃으시더니 『가마에 불을 지르겠다. 또 그 안에 아리따운 여인을 하나 귀부인처럼 치장하여 태우지. 불길과 검은 연기에 휩싸여 가마에 탄 여인이 몸부림치며 죽는다――。 그걸 그릴 생각을 하다니, 과연 천하제일 화絵

사師로다. 장하도다. 오오, 장하도다.』

나리님 말씀을 듣고는 요시히데는 갑자기 얼굴이 하얗게 질려 숨을 헐떡이며, 그저 입술만 바르르 떨고 있었는데、 머지않아 온몸에 힘이 빠져버린 듯 털썩 바닥에 두 손을 짚더니 『감사하옵니다』 하고 들릴지 안 들릴지 모를 만큼 낮은 소리로 공손하게 절을 올렸습니다. 그건 아마 자기가 생각하고 있던 끔찍한 계획이 나리님의 말씀을 듣고서야 생생하게 눈앞에 떠올랐기 때문이겠지요. 소인은 평생에 오직 한 번, 그때만큼은 요시히데를 가엾은 사람이라고 생각했습니다.

十六。

그 후로 이삼일 지난 날 밤이었습니다. 나리님께서는 약속하신 대로 요시히데를 불러 귀인의 가마가 불타는 광경을 눈앞에서 보여 주셨습니다. 그러나 호리카와 저택에서 그 일이 벌어진 건 아닙니다. 흔히 유키게 궁이라고 하는, 예전에 나리님 누이께서 기거하시던 도성 밖 산장에서 불태우셨던 것입니다.

이 유키게 궁이라는 곳은 오랫동안 아무도 살지 않은 곳이라, 넓은 정원도 황량할 대로 황량해져 있었는데 아마 이 인적 없는 모습을 본 자들의 억측이겠지요. 여기서 돌아가신 누이에 대한 이런저런 소문이 돌았는데, 그중에는 달이 없는 밤이면 지금도 괴이한 주홍 치마가 땅에도 닿지 않고 복도를 걸어 다닌다는 소문도 있었습니다——。

그것도 무리는 아닙니다. 대낮에조차 적적한 그곳은 해만 졌다 하면 정원을 흐르는 물

소리가 더욱 음산하게 울려 퍼지고 별빛 사이를 날아다니는 해오라기도 괴물로 보일

만큼 기분 나쁜 곳이었으니까요.

마침 그날 저녁 역시 달이 없는 깜깜한 밤이었습니다만, 등불 빛에 비친 것을 보니

마루 가장자리에 자리를 잡으신 나리님께서는 연노랑 외출복에 짙은 보라색 무늬가

들어간 발목을 졸라맨 바지를 입으시고, 흰 테두리를 두른 짚방석 위에 책상다리를 틀

고 앉아 계셨습니다. 그 전후좌우에 곁을 지키는 신하들이 대여섯 명 공손하게 늘어

앉아 있었다는 것은 따로 말씀드릴 필요도 없을 것입니다. 헌데 그중에 한 사람, 눈에

띄는 것은 몇 해 전 미치노쿠(陸奧) 전투에서 배가 고파 사람을 잡아먹고 난 후 살아 있는

사슴뿔도 벨 수 있게 되었다는 힘센 사무라이가, 갑옷을 받쳐 입은 모습으로 칼을 등

에 거꾸로 메고 마루 밑에 근엄한 표정으로 앉아 있는 것이었습니다. 그런 광경이 밤

바람에 나부끼는 등불에 때로는 밝아졌다가 때로는 어두워졌다가, 거의 꿈인지 생시

인지 분간이 되지 않아 왠지 무시무시하게 보였습니다.

게다가 또 정원에 끌어다 놓은 가마의 높다란 지붕이 어둠을 짓누르고 있었고, 소는 매지 않고 검은 멍에만 걸어 놓은 데다 황금색 쇠붙이 장식이 별처럼 반짝반짝 빛을 내는 것을 보니 봄이라고는 하지만 왠지 으스스한 기분이 들었습니다. 하지만 가마 창문에는 가장자리를 비단으로 두른 파란 발이 무겁게 드리워져 있었기에, 그 안에 무엇이 들어 있는지 알 수가 없었습니다. 그리고 그 주위에는 일꾼들이 각자 타오르는 횃불을 들고 연기가 마루 쪽으로 가지 않도록 조심하면서, 무슨 일이라도 있는 듯 대기하고 있었습니다.

요시히데는 조금 떨어져서 마루 바로 맞은편에 무릎을 꿇고 앉아 있었는데, 평소와 같은 옷에 주저앉은 두건을 쓰고 별이 가득한 하늘의 무게에 짓눌리기라도 한 듯 여느 때보다 더욱 작고 초라하게 보였습니다. 그 뒤에 또 한 사람, 똑같은 차림새로 웅크리고 앉아 있는 것은 아마 데리고 온 제자 중 하나였을 것입니다. 그런데 하필 그 둘 모두 멀고 어두운 쪽에 웅크리고 있었기 때문에 소인이 있던 마루 밑에서는 옷 색깔조차 분명히 보이지가 않았습니다.

十七。

시각이 그럭저럭 한밤중에 가까워졌을 것입니다. 정원을 에워싼 어둠이 죽은 듯 소리를 삼키고, 모인 사람들의 숨소리까지 세고 있는 듯한 가운데, 그저 어렴풋한 밤바람이 지나가는 소리가 나고, 그때마다 횃불 연기의 타는 냄새를 실고 갔습니다. 나리님께서는 잠시 말없이 이 진기한 광경을 가만히 바라보고 계셨는데, 마침내 마음이 내키셨는지 『요시히데!』하고 날카롭게 부르셨습니다. 요시히데는 뭐라 대답을 한 것 같은데, 소인 귀에는 그저 신음하는 듯한 소리 말고는 들리지 않았습니다.

『요시히데, 오늘 밤에는 그대가 바라는 대로 가마에 불을 지르겠노라.』

나리님께서는 그리 말씀하시고 신하들을 곁눈으로 살피셨습니다. 그때 뭔가 나리님과 신하 몇몇 사이에 의미심장한 미소가 오가는 듯 보였습니다만, 그건 아마 소인기분 탓이었을 겁니다. 그러자 요시히데는 머뭇머뭇 고개를 들더니 마루 위를 쳐다보는것 같았는데, 역시 아무 말도 하지 않고 기다리고 있었습니다.

『잘 보거라. 저것은 내가 평소에 타는 가마니라. 그대도 알 것이다──。 이제 저가마에 불을 질러 그대 눈앞에 염열지옥을 보여 주겠노라.』

나리님께서는 다시 말씀을 멈추시고는 신하들에게 눈짓을 하셨습니다. 그리고 갑자기 언짢은 어조로 이르셨습니다. 『저 안에 죄를 지은 계집 하나를 포박한 채 태웠노라. 그러니 가마에 불을 지르면 필시 저 계집은 살이 타고 뼈가 타는 사고팔고<small>四苦八苦</small>의 죽음을 맞게 될 것이니라. 그대가 병풍을 완성하는 데 다시없이 좋은 본보기가 될 것이야.

눈처럼 하얀 살갗이 불에 타 문드러지는 광경을 똑똑히 지켜보거라. 검은 머리채가

불티가 되어 날아오르는 것도 놓치지 말도록.』

나리님께서는 세 번째로 입을 닫으시고는, 무슨 생각을 하셨는지 이번에는 그저 어

깨만 들썩들썩, 소리도 내지 않고 웃으시며 『죽어서도 못 볼 볼거리니라. 나도 여기

서 구경하마. 그래그래, 발을 걷어 요시히데에게 안에 있는 계집을 보여주거라.』

분부가 떨어지자 일꾼 하나가 한 손에 횃불을 높이 치켜들고 주저 없이 가마로 다가

가서는 손을 뻗어 사사락, 발을 걷어 올렸습니다. 요란스레 타오르는 횃불은 한차례

빨갛게 흔들리더니 곧 비좁은 가마 안을 선명하게 비추었는데, 그 안에 애처롭게 쇠사

슬로 묶여 있는 계집은——아아, 누구인들 알아보지 못하겠습니까. 벚꽃이 화려하게

수놓인 옷 위로 윤기가 흐르는 검은 머리채를 늘어뜨렸고 비스듬한 황금 비녀도 아름

답게 반짝였는데 차림새와는 달리 아담한 그 몸매는, 새하얀 그 목덜미는, 그리고 쓸

쓸할 정도로 다소곳한 그 옆얼굴은 분명 요시히데의 여식이 분명했습니다. 소인은 하

마터면 소리를 지를 뻔했습니다.

그때입니다. 소인 맞은편에 있던 사무라이는 재빨리 몸을 일으켜 칼자루에 한손을 얹으며 험악한 눈으로 요시히데 쪽을 노려보았습니다. 소인이 그것을 보고 깜짝 놀라 쳐다보니, 요시히데는 이 광경에 반쯤 제정신을 잃은 것 같았습니다. 지금까지 마루 아래 웅크리고만 있었는데, 갑자기 벌떡 일어나는가 싶더니 두 팔을 앞으로 뻗은 채 가마 쪽으로 저도 모르게 달려들려 했습니다. 다만 공교롭게도 앞서 말씀드렸던 대로 멀리 떨어진 어두운 곳에 있었기 때문에 그 표정이 어땠는지는 제대로 알 수 없습니다. 그러나 그것도 그저 한순간, 하얗게 질린 요시히데의 얼굴은, 아니 마치 무언가 눈에 보이지 않는 힘으로 허공에 매달린 듯한 요시히데의 모습은 금세 어둠을 가르고 또렷하게 소인 눈앞으로 떠올랐습니다. 그 처자를 태운 귀부인의 가마가, 그 순간 『불을 붙이라』는 나리님의 분부와 함께 일꾼들이 던지는 횃불을 뒤집어쓰고 활활 타올랐던 것입니다.

十八。

　불은 순식간에 가마 지붕을 휘감았습니다。 차양에 달린 보라

색 술이 부채라도 부친 듯 획획 나부끼고 그 아래에서 자욱하게、 밤에 보기에도 허연

연기가 소용돌이치며 늘어진 발、 가마 문짝、 지붕의 쇠붙이가 한꺼번에 부서져 날아

가나 싶을 정도로 불티가 비처럼 날아오르는──그 처참함이란 말로는 다 표현할 길

이 없습니다。 아니 그보다도 이글이글 혀를 날름거리며 창살을 휘감고 허공으로 치솟

는 맹렬한 화염의 색은 마치 해가 땅에 떨어져 그 불똥이 사방팔방으로 흩날리는 것

같다고 할까요。 조금 전 자칫 비명을 지를 뻔했던 소인도 그때는 완전히 넋을 잃고서

그저 멍하니 입을 벌린 채 그 끔찍한 광경을 지켜볼 수밖에 없었습니다。 그러나 아비

인 요시히데는──。

그때 요시히데의 표정을 지금도 소인은 잊을 수가 없습니다. 저도 모르게 가마 쪽으로 달려가려던 그자는 불길이 치솟음과 동시에 발을 멈추고 여전히 팔을 뻗은 채 집어삼킬 것 같은 눈빛으로 가마를 휘감은 화염을 빨려들듯 바라보고 있었는데, 온몸으로 쏟아지는 불빛에 주름투성이 추한 얼굴이 수염 한 가닥까지 전부 보였습니다. 하지만 그 크게 부릅뜬 눈에, 비틀리고 일그러진 입술에, 또한 끊임없이 떨리며 경련하는 뺨에, 얼굴에, 마음속을 교차하는 공포와 슬픔과 당황이 역력히 그려졌습니다. 목을 치기 직전의 도둑이라도, 혹은 시왕 앞으로 끌려나온 십역오악 十逆五惡 을 저지른 죄인이라도 그렇게까지 괴로운 표정은 짓지 않을 것입니다. 그 표정에 그토록 힘이 센 사무라이조차 저도 모르게 안색이 변해 흠칫흠칫 나리님 안색을 살폈습니다.

그러나 나리님께서는 굳게 입술을 깨물고 때때로 섬뜩하게 웃으시며 눈도 떼지 않고 지그시 가마를 바라보고 계셨습니다. 그리고 그 가마 안에는――아아, 소인이 그때 처자의 어떤 모습을 보았는지, 그것을 상세히 아뢸 용기는 아무래도 없을 것 같습니다. 연기에 목이 메어 뒤로 젖힌 순백의 얼굴, 화염을 떨쳐내려 마구 흐트린 기다란 머리채, 그리고 또 눈앞에서 불꽃으로 변해가는 아름다운 벚꽃무늬 옷──이 무슨 끔찍한 광경이란 말입니까. 특히 밤바람이 한차례 불어 연기가 건너편으로 날려갈 때, 붉은색 위에 금가루를 흩뿌린 듯한 불길 속에서 떠오른 머리칼을 입에 물고 몸을 묶은 사슬이 끊어져라 몸을 뒤트는 모습은 지옥의 고통을 눈앞에서 보는 것 같아 소인은 물론 저 힘세다는 사무라이조차 모골이 송연해졌습니다.

그리고 그 밤바람이 다시 한차례 정원 나뭇가지를 쏴아 쓸고 지나간다──라고 모두 생각했을 것입니다. 그런 소리가 어두운 하늘 어딘가를 훑고 지나갔다 싶은 순간, 갑자기 무언가 시커먼 것이 땅에 닿는 것도 아니고 하늘을 나는 것도 아니고, 지붕에서 공처럼 튀어 오르더니 불이 활활 타오르는 수레 안으로 한일자를 그리며 곧장 뛰어 들었습니다. 그리고 주홍칠을 한 듯한 창살이 산산이 부서져 떨어지는 가운데, 뒤로 젖힌 처자의 어깨를 부둥켜안고 비단 찢어지는 날카로운 소리를, 형언할 수 없이 고통

스러운 소리를, 오랫동안 연기 밖으로 날려 보냈습니다。 소인들은 그만 아악 하고 일

제히 소지를 지르고 말았습니다。 장막처럼 둘러쳐진 화염을 뒤로하고 처자의 어깨에

매달려 있는 것은 호리카와 나리님 저택에 묶어 두고 온、 별명이 요시히데인 그 원숭

이였기 때문입니다。

十九。

허나 원숭이의 모습이 보인 것은 그야말로 한순간이었습니다。

검은 종이에 금가루를 뿌린 듯 불티가 한차례 화악 하늘로 솟는 와중에 원숭이는 물론

처자의 모습도 검은 연기 속으로 숨어 버렸고、 정원 한가운데에는 그저 화차(火車)가 한 대、

무시무시한 소리를 내며 불타고 있을 뿐입니다。 아니 화차라기보다 불기둥이라고 하

는 편이, 별이 가득한 하늘을 찌를 듯 타오르는 그 무서운 화염에 어울리는 말일지도 모릅니다.

저 불기둥을 앞에 두고 굳어버린 듯 서 있는 요시히데는——이 무슨 불가사의한 일입니까. 조금 전까지 지옥의 형벌에 괴로워하던 요시히데는 지금 이루 말할 수 없는 광채를, 흡사 황홀경과도 같은 광채를 주름투성이 얼굴 한가득 뿜어내며 나리님 안전이라는 것도 잊었는지 팔짱을 단단히 끼고 우뚝 서 있는 게 아닙니까. 그게 아무래도 그자의 눈에는 딸년이 몸부림치며 죽어 가는 꼴이 보이지 않는 것 같았습니다. 오로지 아름다운 화염의 색과 그 속에서 괴로워하는 여인의 모습에 한없이 기뻐한다——그렇게 보였습니다.

게다가 이상한 것은 그자가 외동딸의 단말마를(斷末魔) 기쁜 듯이 바라보고 있었다는 사실만이 아닙니다. 그때 요시히데에게는 왠지 인간이라고 할 수 없는, 꿈에서 보는 사자의(獅子) 왕의(王) 분노와도 닮은 괴이한 엄숙함이 있었습니다. 그래서 갑작스러운 불길에 놀라 시끄럽게 울며 날아다니는 수없이 많은 밤새조차, 소인 기분 탓인지 요시히데의 두건 주위로는 다가오려 하지 않는 것입니다. 아마 무심한 새의 눈에도 그자의 머리 위에 원円光처럼 걸려 있는 신비로운 위엄이 보였을 것입니다.

새조차도 그러했습니다. 하물며 소인들과 일꾼들이야, 모두 숨을 죽이고 뼛속까지 떨고 있을 뿐이었고 마음속은 괴상한 귀의歸依의 기쁨으로 충만하여 마치 득도得道한 부처님이라도 쳐다보듯 눈도 떼지 않고 요시히데를 바라보았습니다. 하늘로 온통 불타 번지는 가마의 불길과 거기에 혼을 빼앗겨 우뚝 서 있는 요시히데――이 무슨 장엄함, 이 무슨 환희란 말입니까. 하지만 그중에 단 한 사람, 마루 위에 계신 나리님만은 마치 딴사람이라도 되신 양, 창백한 안색에 입가에는 거품을 무시고 보라색 바지 무릎을 양손으로 꽉 부여잡으신 채 목마른 짐승처럼 헐떡이고 계셨습니다.

二十.

그날 밤 유키게 궁에서 나리님께서 수레를 불태우신 일은 누구의 입으로라 할 것도 없이 온 세상으로 흘러들었는데, 그에 대해서 이런저런 비판을 하는 자들도 꽤 있었던 것 같습니다. 첫째로 왜 나리님께서 요시히데의 여식을 불태워 죽였는는가——。 그건 이루지 못한 사랑에 대한 앙심 때문에 그랬다는 소문이 가장 많았습니다. 하지만 나리님 뜻은 오로지 가마를 불태우고 사람을 죽여서까지 병풍 그림을 그리려 한 그림쟁이의 비뚤어진 근성을 응징하실 심산이셨음이 틀림없습니다. 실제로 소인은 나리님께서 몸소 그리 말씀하시는 것을 들은 적도 있습니다.

그리고 그 요시히데가 눈앞에서 딸년을 태워 죽이면서도 병풍 그림을 그리고 싶어 한 그 목석같은 마음가짐 역시 사람들이 뭐라 왈가왈부한 모양입니다. 그중에는 그자를 욕하며 그림을 위해서는 부녀간의 애정마저도 저버리는 인면수심[人面獸心]의 괴물이고 하는 자도 있었습니다. 요카와[橫川]의 승관[僧官]님 역시도 그런 생각을 가지셨던 분들 중 하나인 터라 『아무리 한 가지 재능이 뛰어나더라도 인간으로서 오륜[五倫]을 알지 아니하면 지옥에 떨어질 수밖에 없다』고 종종 말씀하시곤 했습니다.

그리고 그 후로 한 달 남짓 지나 드디어 지옥변 병풍이 완성되자 요시히데는 즉시 그것을 나리님 댁으로 들고 와 공손하게 나리님께 보여 드렸습니다. 마침 그때는 요카와의 승관님께서도 함께 계셨는데, 과연 병풍 그림을 보시더니 한눈에 그림 속 천지에 불고 있는 거친 불바람의 무서움에 놀라신 모양입니다. 그때까지는 못마땅한 얼굴로 요시히데를 뚫어져라 노려보고 계셨지만 병풍 그림을 보자마자 불현듯 무릎을 탁 치시며 『해냈군』하고 말씀하셨습니다. 이를 들으시고 나리님께서 쓴웃음을 지으시던 때의 모습도 아직 소인은 잊을 수가 없습니다.

그 후로 요시히데를 나쁘게 말하는 자는, 적어도 나리님 댁 안에서는, 모두 사라졌

습니다. 누구든 그 병풍을 본 자는 아무리 평소에 요시히데를 탐탁지 않게 여겼더라

도, 이상하게 엄숙한 마음에 휩싸이며 염열지옥의 크나큰 고통을 여실히 느꼈기 때문

일 것입니다.

하지만 그리 되었을 즈음에는 요시히데는 이미 이 세상에 없는 사람들 축으로 들어

가게 되었습니다. 그것도 병풍을 완성한 다음 날 밤에, 자기 방 대들보에 밧줄을 걸고

목을 매죽은 것입니다. 외동딸을 앞세워 보내고 그자는 아마 멀쩡히 살아 있다는 것

을 견딜 수 없었던 것 같습니다. 시체는 지금도 그자의 집터에 묻혀 있습니다. 다만

조그만 비석은 그 후로 수십 년, 비바람에 시달리며 이미 오래전부터 누구의 무덤인지

도 알 수 없을 만큼 이끼가 끼어 있을 것입니다.

1918년 4월

자택 2층의 집필실 겸 서재

蜘蛛の絲

거
미
줄

一．

어느 날의 일입니다. 부처님께서는 극락 연못가를 홀로 거닐고 계셨습니다. 연못 안에 피어 있는 연꽃은 모두 옥구슬처럼 뽀얗고, 그 한가운데 있는 황금빛 꽃술에서는 뭐라 형언할 수 없는 그윽한 향기가 끊이지 않고 주변으로 넘쳐나고 있습니다. 극락은 완연한 아침입니다.

이윽고 부처님께서는 연못가에 잠시 멈추셨다가 수면을 가득 메운 연꽃 사이로 우연히 아래쪽 모습을 보시게 되었습니다. 이 극락 연못 바닥은 지옥 바닥과 맞닿아 있기 때문에 수정처럼 맑은 물을 통해 삼도천三途川이며 바늘산針山의 풍경이 마치 요지경을 들여다 보듯이 선명하게 보입니다.

그런데 그 지옥 바닥에서 간다타(犍陀多)라는 한 사내가 다른 죄인들과 함께 꿈틀거리고 있는 모습이 눈에 띄었습니다. 이 간다타라는 사내는 사람을 죽이거나 집에 불을 지르는 등 온갖 나쁜 짓을 저지른 큰 도둑이었지만, 그래도 딱 한 번 착한 일을 한 기억이 있습니다. 언제인가 이 사내는 깊은 숲 속을 지날 때 작은 거미가 한 마리, 길가를 기어가는 것을 보았습니다. 그래서 간다타는 얼른 발을 들어 밟아 죽이려고 했지만 「아니, 아니야. 작지만 이것도 목숨이 있을 게 틀림없어. 그 목숨을 함부로 빼앗는 건 아무래도 불쌍해」하고 갑자기 생각을 바꾸더니, 결국 그 거미를 죽이지 않고 살려 주었던 것입니다.

부처님께서는 지옥의 모습을 바라보시며 이 간다타가 거미를 살려 준 적이 있다는 것을 떠올리셨습니다. 그리고 딱 한 번 착한 일을 한 응보로, 할 수만 있다면 이 사내를 지옥에서 구해주리라 생각하셨습니다. 때마침 곁을 둘러보니 비취(翡翠)처럼 빛나는 연잎 위에서 극락 거미 한 마리가 아름다운 은색 실을 잣고 있었습니다. 부처님께서는 그 거미줄을 살그머니 손으로 잡으시더니 옥구슬 같은 흰 연꽃 사이로, 저 아래 까마득한 지옥 밑바닥을 향해 똑바로 내려 주셨습니다.

二。

이 사람은 지옥 바닥에 있는 피의 연못에서 다른 죄인들과 함께 떠올랐다 가라앉았다 하고 있던 간다타입니다. 아무튼 어디를 보더라도 시커먼 암흑뿐인데, 이따금 그 암흑 속에서 어렴풋이 무언가 보이는 게 있다 싶으면 그것은 무시무시한 바늘산의 바늘이 번쩍이는 빛인지라, 그 무서움은 더할 나위가 없었습니다. 게다가 주위는 무덤 속처럼 쥐 죽은 듯 적막하여 때때로 들려오는 소리라고는 오로지 죄인들이 내뱉는 희미한 탄식뿐입니다. 그 이유는 여기로 떨어질 정도의 인간이라면 이미 갖가지 지옥의 형벌에 지쳐 울음소리를 낼 힘조차 없어졌기 때문이겠지요. 그래서 그토록 대단한 도둑이었던 간다타 역시도 피의 연못에서 울부짖으며 마치 죽어 가는 개구리처럼 그저 허우적대고만 있을 뿐이었습니다.

그런데 어느 때의 일입니다. 무심코 간다타가 고개를 들어 피의 연못 위를 바라보니 그 적막한 어둠 속 멀고 먼 천상에서 은빛 거미줄이 마치 사람 눈에 띄는 것을 두려워하기라도 하듯 한 줄기 가느다란 빛을 발하며 스르르 머리 위로 드리워지는 것이 아니겠습니까. 간다타는 그것을 보고 저도 모르게 손뼉을 치며 기뻐했습니다. 이 거미줄에 매달려 끝없이 올라가면, 분명 지옥에서 빠져나갈 수 있을 것이 틀림없습니다. 아니 잘하면 극락으로 들어갈 수도 있겠지요. 그러면 이제 바늘산에서 쫓겨 다닐 일도 없고 피의 연못에 가라앉을 일도 없을 것입니다.

그렇게 생각한 간다타는 재빨리 그 거미줄을 두 손으로 꼭 움켜잡고 죽을힘을 다해

위로, 위로 오르기 시작했습니다. 원래 큰 도둑이었던지라 옛날부터 이런 일에는 익

숙합니다.

그러나 지옥과 극락 사이는 수만 리나 되기 때문에 아무리 안달을 내 봐야 위로는

쉽게 올라갈 수 없습니다. 한참을 올라가던 중 마침내 간다타도 힘이 빠져 이제 더는

한 치도 위로는 오르지 못하게 되어 버렸습니다. 그래서 하는 수 없이 일단 한숨 돌릴

생각으로 거미줄 중간에 매달려 아득한 발밑을 내려다보았습니다.

그랬더니 힘들게 올라온 보람이 있어서 조금 전까지 자기가 있던 피의 연못이 지금

은 이미 어둠저 아래로 어느 틈엔가 숨어 버렸습니다. 그리고 희미하게 빛나는 그 무

시무시한 바늘산도 발아래 있었습니다. 이대로 올라가면 지옥에서 빠져나가는 것도

뜻밖에 쉬울지 모릅니다. 간다타는 두 손을 거미줄에 휘감으며 여기로 온 후 몇 년이

나 낸 적 없는 목소리로 『됐다! 됐다!』 하며 웃었습니다. 그런데 문득 정신을 차리

니 거미줄 아래쪽에는 수도 없이 많은 죄인들이 자기가 올라온 뒤를 이어서 마치 개미

의 행렬처럼 역시 위로, 위로 열심히 기어올라 오는 것이 아니겠습니까.

간다타는 이를 보고 놀람과 두려움에 한동안 그저 바보처럼 커다란 입을 벌린 채 눈알만 굴리고 있었습니다. 자기 혼자만으로도 끊어질 듯한 이 가느다란 거미줄이 어떻게 저 많은 사람들의 무게를 견딜 수 있겠습니까. 만에 하나 도중에 끊어진다면 애써 여기까지 올라온 자기까지 원래의 지옥으로 거꾸로 떨어져야만 합니다. 그런 일이 생기면 큰일입니다. 그러나 그런 와중에도 죄인들은 몇 백도 아니고, 몇 천도 아니고, 깜깜한 피의 연못 아래에서 우글우글 기어올라 가느다랗게 빛나는 거미줄을 일렬로 부지런히 올라옵니다. 지금 당장 어떻게 하지 않으면 거미줄은 중간에서 둘로 끊어져 버릴 것이 분명합니다.

그래서 간다타는 큰 소리로 『야, 이 죄인 놈들! 이 거미줄은 내 거야! 네놈들은 대체 누구한테 물어보고 올라오는 거냐! 내려가! 내려가라구!』 하고 외쳤습니다.

그 순간입니다. 지금까지 아무렇지도 않던 거미줄이 갑자기 간다타가 매달려 있는

자리에서 뚝 하는 소리를 내며 끊어졌습니다. 그러니 간다타도 어쩔 수 없습니다. 앗

하는 소리를 낼 겨를도 없이 바람을 가르고 팽이처럼 뱅글뱅글 돌면서 순식간에 저 어

두운 바닥으로 곤두박질치고 말았습니다.

그 이후로 극락 거미줄은 그저 반짝반짝 가느다란 빛을 발하며 달도 별도 없는 하늘

중간에 짧게 드리워져 있을 뿐입니다.

三。

부처님께서는 극락 연못가에 서서 그 광경을 처음부터 끝까

지 가만히 지켜보고 계시다가 결국 간다타가 피의 연못 바닥으로 돌멩이처럼 가라앉

아버리자 슬픈 표정을 지으시며 다시 정원을 거닐기 시작하셨습니다. 자기만 지옥에

서 빠져나오려고 한 간다타의 무자비한 마음이 그에 상응하는 벌을 받아 원래의 지옥으로 떨어져 버린 것이 부처님 눈에는 한심하게 보였겠지요.

하지만 극락 연못에 피어 있는 연꽃은 조금도 그런 일에는 관심이 없습니다. 그 옥구슬처럼 뽀얀 꽃은 부처님 발치에서 한들한들 꽃받침을 흔들고, 그 한가운데 있는 황금빛 꽃술에서는 뭐라 형언할 수 없는 그윽한 향기가 끊이지 않고 주변으로 넘쳐나고 있습니다. 극락도 벌써 정오에 가까워졌습니다.

1918년 4월

それから僕は二三日毎にいろいろという河童の

訪問を受けました。僕の病はS博士によれば

早発性痴呆症と云ふことです。しかしその医者

のチャックは甚だあるたにも決礼に当

ろのに追いありません。僕は早発性痴呆患者では

早発性痴呆患者はS博士と始め、あるので

だと言ってみたら、ました。研学生のラックや担当者のマック来

ろ伝でせう、

グの見舞に来たことは勿論です。

師のマックの外に畫間は誰も暴われて来ませ

(SM印　B-1)　10-20

소설 『갓파』 육필 원고

蜜柑

어느 흐린 겨울 해 질 녘이다. 나는 요코스카발 상행 이등객(横須賀發上行二等客)

차(車) 구석에 앉아 멍하니 발차(発車) 기적을 기다리고 있었다. 벌써 전등을 켠 객차 안에는 신

기하게도 나 말고 한 사람도 승객은 없었다. 밖을 내다보니 어둑어둑한 플랫폼에도 오

늘따라 이상하게 배웅하는 사람들 모습조차 자취를 감추고, 그저 우리 안에 갇힌 강아

지가 한 마리, 가끔 슬픈 듯 짖어 대고 있었다. 이는 그때 내 심경과 이상하리만치 어

울리는 풍경이었다. 내 머릿속에는 형언할 수 없는 피로와 권태가 마치 눈이 내릴 듯

흐린 하늘처럼 우중충한 그림자를 드리우고 있었다. 나는 외투 주머니에 양손을 꾹 찔

러 넣은 채로, 거기에 들어 있던 석간신문을 꺼내 볼 기운조차 나지 않았다.

하지만 머지않아 발차 기적이 울렸다. 나는 희미한 안도감을 느끼며 뒤쪽 창틀에 머

리를 기대고, 눈앞의 정차장이 슬금슬금 뒷걸음질 치기를 기다리고 말고 할 것도 없

지만 잔뜩 기다리고 있었다. 그런데 그보다 먼저 요란한 나막신 소리가 개찰구 쪽에

서 들린다 싶었는데, 이윽고 차장이 뭐라 욕하며 떠드는 소리와 함께 내가 타고 있는

이등실 문이 드르륵 열리더니 열서넛쯤 먹는 계집아이가 하나 허둥지둥 안으로 들어

왔고, 그와 동시에 한차례 덜컹 흔들리더니 서서히 기차는 움직이기 시작했다. 하나

씩 눈을 스쳐 가는 플랫폼 기둥, 버리고 간 듯한 물탱크, 그리고 기차 안 누군가에게

인사를 하는 짐꾼──그 모든 것은 창문에 불어 닥치는 매연 속으로 미련처럼 뒤로 쓰

러져 갔다. 나는 이제 한숨 돌렸다는 기분으로 담배에 불을 붙이고서야 비로소 나른한

눈꺼풀을 들어 앞자리에 앉은 계집아이의 얼굴을 슬쩍 보았다.

기름기 없는 머리채를 옛날 여자처럼 틀어 올리고, 비벼 댄 자국이 있는 잔뜩 튼 볼

이 기분 나쁠 정도로 붉게 달아오른, 아무리 봐도 촌뜨기 계집아이였다. 게다가 때가

덕지덕지한 연두색 털실 목도리를 축 늘어뜨린 무릎 위에는 커다란 보따리가 있었다.

또 그 보따리를 안은 곱은 손 안에는, 빨간색 삼등석 표가 소중한 듯 꼬옥 쥐어져 있었다. 나는 이 계집아이의 천박한 얼굴생김이 마음에 들지 않았다. 그리고 그 아이의 옷차림이 불결한 것도 역시 불쾌했다. 마지막으로 이등석과 삼등석조차 구별 못 하는 그 우둔함이 괘씸했다. 그래서 담배에 불을 붙인 나는, 일단 이 계집아이의 존재를 잊고 싶은 마음도 있고 해서, 이번에는 주머니 속 석간신문을 막연히 무릎 위에 펼치고 읽었다. 그러자 그때 석간신문 지면으로 떨어지던 창밖 빛이 갑자기 전등 빛으로 바뀌더니, 인쇄 상태가 좋지 않은 무슨 난인가의 글자가 의외일 정도로 선명하게 내 눈앞으로 떠올랐다. 말할 것도 없이 기차는 지금 요코스카선線 위의 수많은 터널 중 첫 번째 터널에 들어선 것이다.

전등 빛에 비추인 석간신문 지면을 바라보지만, 역시 내 우울을 위로해야 할 세상은 너무나 평범한 사건들로 떠들썩하다. 강화講和, 결혼, 비리, 사망——나는 터널로 들어온 한순간 기차가 달리는 방향이 뒤집힌 것 같은 착각을 느끼며 그 삭막한 기사에서 기사

로 거의 기계적으로 눈을 옮겼다. 하지만 그러는 사이에도 물론 저 계집아이가, 마치

이 저속한 현실을 인간으로 빚어 놓은 듯한 표정으로 내 앞에 앉아 있다는 사실을 끊

임없이 의식할 수밖에 없었다. 이 터널 안의 기차와, 이 촌뜨기 계집아이와, 그리고

또 이 평범한 기사로 채워진 석간신문——이것이 상징이 아니면 무엇이란 말인가. 不可解(불가해)

한, 하등(下等)한, 따분한 인생의 상징이 아니면 무엇이란 말인가. 나는 모든 것이 시

시해져 읽다 만 석간신문을 내던지고 다시 창틀에 머리를 기댄 채 죽은 듯 눈을 감고

꾸벅꾸벅 졸기 시작했다.

그러고 나서 얼마인가 지난 후였다. 문득 무언가에 짓눌리는 기분이 들어 무심코 주

위를 둘러보니, 어느 샌가 그 계집아이는 맞은편에서 자리를 내 옆으로 옮기고 열심히

창문을 열려고 한다. 하지만 무거운 유리문은 생각만큼 쉽게 열리지 않는 모양이다.

잔뜩 튼 볼은 더욱 빨개졌고 때때로 콧물 훌쩍거리는 소리가 작은 숨소리와 함께 번갈

아 귀에 들어온다. 이는 물론 아주 약간이지만 내 동정심을 불러일으키기에 충분한 것

임에는 틀림없었다. 하지만 기차가 이제 곧 터널 입구로 접어들려 한다는 사실은, 저

녁 어스름 속에 마른풀만 허옇게 보이는 산허리가 양쪽 창문 가까이로 바싹 다가왔

는 것만 봐도 짐작할 수 있는 일이었다. 그럼에도 불구하고 이 계집아이가 닫혀 있는

창문을 굳이 열려고 하는──그 이유를 나는 알 수가 없었다. 아니, 그것을 나는 그저

이 계집아이의 변덕이라고밖에 생각할 수 없었다. 그래서 나는 마음속에 여전히 험악

한 감정을 품은 채, 그 부르튼 손이 유리창을 들어 올리려 악전고투하는 모습을, 마치
_{惡戰苦鬪}

영원히 성공하지 못하도록 기도라도 하는 심정으로 냉혹하게 바라보고 있었다. 그러

자 잠시 후, 무시무시한 소리를 내면서 기차가 터널로 들이닥침과 동시에 계집아이가

열려던 유리창은 결국 툭 하고 열리고 말았다. 그리하여 그 네모진 구멍을 통해, 그

울음을 풀어 넣은 듯한 거무칙칙한 공기가 졸지에 숨 막히는 연기가 되어 자욱하게 기

차 안으로 넘쳐 들어오기 시작했다. 워낙 목이 안 좋았던 나는 손수건으로 얼굴을 가

릴 틈도 없이 이 연기를 만면에 뒤집어쓰고 거의 숨도 쉬지 못할 정도로 기침을 해 대
_{滿面}

야만 했다. 그러나 계집아이는 나를 걱정하는 기색도 없이 창밖으로 고개를 내밀고 어

둠이 뿜어내는 바람에 머리카락을 휘날리며 꼼짝 않고 기차가 나아가는 방향을 바라

보고 있다. 그 모습을 매연과 전등 빛 속에서 쳐다보았을 때, 순식간에 창밖은 환해졌

고 그리고 흙냄새며 마른풀 냄새며 물 냄새가 사정없이 흘러들어 오지 않았더라면, 겨

우 기침이 멎은 나는 분명 일면식(一面識)도 없는 이 계집아이를 호되게 꾸짖어서라도 다시 원

래대로 창문을 닫게 했을 것이다.

하지만 기차는 그때 이미 편안하게 터널에서 미끄러져 나와 마른풀로 덮인 산과 산

사이에 끼어 있는 어느 빈민촌 변두리의 건널목을 마침 지나가고 있었다. 건널목 근

처에는 어디에나 초라한 초가집과 기와집이 너저분하고 빽빽하게 들어서 있는데, 아

마 건널목 간수(看守)가 흔드는 것이리라. 오직 한 폭의 허연 깃발만이 귀찮다는 듯 어스름

에 흔들리고 있었다. 드디어 터널에서 나왔구나 하는―그 순간, 그 쓸쓸한 건널목

울타리 저쪽에, 나는 볼이 새빨간 사내아이 셋이 밀치락달치락하며 나란히 서 있는 것

을 보았다. 그 아이들은 모두 이 흐린 하늘에 짓눌려버렸나 싶을 만큼 하나같이 키가 작았다. 그리고 또 이 마을 변두리 음산한 풍경과 똑같은 색의 옷을 입고 있었다. 아이들은 기차가 지나는 것을 올려다보면서 일제히 손을 치켜들더니 애처로운 목소리로 크게, 뭐라는지 뜻 모를 환성을 힘껏 내질렀다. 그리고 바로 그 순간이었다. 창문으로 반이나 몸을 내민 그 계집아이는 저 부르튼 손을 쑥 내밀고 힘차게 좌우로 흔드나 싶더니, 갑자기 마음을 들뜨게 할 만큼 따뜻한 햇빛 색으로 물든 귤이 대략 대여섯 개, 기차를 배웅하는 아이들 머리 위로 후두두 하늘에서 떨어졌다. 나도 모르게 숨을 죽였다. 그리고 찰나(刹那)에 모든 것을 이해했다. 계집아이는, 필시 이제부터 식모살이를 하러 떠나려는 계집아이는, 그 가슴에 품고 있던 몇 알인가의 귤을 창문으로 던져서, 애써 건널목까지 배웅을 나온 남동생들의 수고에 보답한 것이다.

어스름을 띤 마을 변두리 건널목과, 아기 새처럼 소리를 높이는 아이들 셋과, 그리고 그 위로 어지러이 떨어지는 산뜻한 귤의 색깔——모든 것은 차창 밖으로 눈 깜짝할

새도 없이 지나갔다. 하지만 내 마음결 위에는 애달프리만치 선명하게 이 광경이 아로새겨졌다. 그리고 거기에서 어떤 정체 모를 밝은 기운이 솟아오름을 느꼈다. 나는 기분 좋게 고개를 들어 마치 다른 사람을 보듯 그 계집아이를 찬찬히 바라보았다. 계집아이는 어느새 벌써 내 앞자리로 돌아와 변함없이 잔뜩 튼 볼을 연두색 털실 목도리에 묻고, 커다란 보따리를 안은 손으로 삼등석 표를 꼬옥 쥐고 있다······.

나는 이때 비로소 뭐라 형언할 길 없는 피로와 권태를, 그리고 또 불가해한, 하등 不可解한, 따분한 인생을 겨우 잊어버릴 수 있었다.

1919년 4월

아쿠타가와 류노스케가 글을 쓰던 책상

파

나는 마감일을 내일로 앞둔 오늘 밤, 단숨에 이 소설을 쓰고

자 한다. 아니, 쓰고자 하는 게 아니다. 써야만 한다. 그렇다면 무엇을 쓸 것인가, 하

면, 그건 이어지는 본문을 읽는 수밖에 없다.

神田神保町 간다진보초 근처 어느 카페에 오기미(お君) 씨라는 여종업원이 있다. 나이는 열다섯이니

열여섯이니 하는데 겉보기에는 훨씬 어른스럽다. 아무튼 피부가 하얗고 눈이 맑고 깨

끗해서, 코끝은 살짝 위로 들렸어도 하여간에 그럭저럭 미인이다. 그게, 머리를 한가

운데서 갈라 물망초 꽃핀을 꽂고 하얀 앞치마를 두른 채 자동 피아노 앞에 서 있는 장

면은 정말이지 다케히사 유지의 그림 속 인물이 빠져나온 듯하다, 나 뭐라나 하는 이

유로 이 카페 단골 사이에서는 진즉부터 통속소설이라는 별명이 생긴 것 같다. 하긴

별명은 몇 개 더 있다. 꽃핀 때문에 물망초. 활동사진에 나오는 미국 여배우를 닮아서

미스 메리 핑크포드. 이 카페에 없어서는 안 되니까 각설탕. ECT. ECT.

이 가게에는 오기미 씨 말고도, 또 한 명 연상의 여종업원이 있다. 오마쓰 씨라고

하는데, 용모로는 도저히 오기미 씨의 적수가 아니다. 거의 백설기과 시루떡만큼 차

이가 난다. 그래서 한 카페에서 일을 해도 오기미 씨와 오마쓰 씨는 팁 수입이 크게

다르다. 오마쓰 씨는 물론 이 수입 차이에 마음이 편할 리 없다. 그런 불만이 높아진

것 때문에 괜한 의심과 추측도 요 근래 나돌게 되었다.

어느 여름 오후, 오마쓰 씨가 맡고 있는 테이블에 있던 외국어학교 학생인 듯한 이

가 담배 한 개비를 물고 성냥불을 그 끝에 옮기려고 했다. 그런데 공교롭게도 그 옆

테이블에서는 선풍기가 기세 좋게 돌고 있었으므로, 성냥불은 담배에 닿기도 전에 번

번이 바람에 꺼져버린다. 그래서 그 테이블 옆을 지나가던 오기미 씨는 잠깐 동안 바

람을 막기 위해 손님과 선풍기 사이에 발을 멈췄다. 그 틈에 담배에 불을 옮긴 학생이

볕에 그을린 뺨에 미소를 띠면서 『고마워』 하고 말한 것을 보면, 오기미 씨의 이 친

절이 상대방에게도 통했던 것은 물론이다. 그러자 카운터 앞에 서 있던 오마쓰 씨가

마침 그리로 가려고 가려던 아이스크림 접시를 집어 들고 오기미 씨 얼굴을 힐끗 보며

『그쪽이 들고 가세요』 하고 야릇하게 화가 난 듯한 목소리로 말했다.

이런 갈등이 일주일에 몇 번이나 있다. 그래서 오기미 씨는 좀처럼 오마쓰 씨와 말

을 하지 않는다. 항상 자동 피아노 앞에 서서는 장소가 장소인지라 많은 학생 손님들

에게 무언(無言)의 애교를 팔고 있다. 혹은 부아가 치민 듯 보이는 오마쓰 씨에게 말없이 자

신의 인기를 뽐내고 있다.

하지만 오기미 씨와 오마쓰 씨 사이가 나쁜 것은 절대 오마쓰 씨가 질투를 했기 때

문만은 아니다. 오기미 씨도 내심 오마쓰 씨의 취미가 저급하다고 경멸하고 있다. 그

건전적으로 심상소학(尋常小學)을 나온 이후로 사랑 노래만 듣네 꿀콩을 먹네 남자를 쫓아다니

네 하는, 그런 이유 때문이 틀림없다. 그렇게 오기미 씨는 확신하고 있었다. 그러는

오기미 씨의 취미라는 게 어떤 종류일까 궁금한 마음이 들었다면, 잠시 이 번잡한 카

페를 떠나 근처 골목길 안쪽에 있는 어느 미장원 이층을 들여다보면 된다. 왜냐하면

오기미 씨는 그 미장원 이층에 셋방을 얻어 카페에서 일하는 시간 외에는 늘 거기에

있기 때문이다.

이층은 천장이 낮은 다다미 여섯 장짜리 방으로, 석양이 비치는 창문으로 밖을 내다

봐도 기와지붕 말고는 아무것도 보이지 않는다. 그 창가 벽에 오색 천을 덮은 책상이

있다. 하긴 이건 편의상 일단 책상이라고 해두지만, 실은 고풍스러운 느낌이 나는 밥

상에 불과하다. 그 밥──책상 위에는 이것도 그다지 새것이 아닌 서양식으로 제본한

책이 늘어서 있다. 『불여귀(不如歸)』 『도손 시집(藤村)』 『마쓰이 스마코의 일생(松井須磨子)』 『신아사가오닛(新朝顔日)

키(記)』 『카르멘』 『높은 산에서 계곡을 내려다보면』──그리고 여성잡지가 일고여덟 권

있을 뿐이고, 유감스럽게도 내 소설집 같은 건 단 한 권도 눈에 띄지 않는다. 그리고

그 책상 옆에 있는 진즉에 니스가 벗겨진 작은 찬장 위에는 목이 가느다란 유리 꽃병

이 있는데, 꽃잎이 하나 떨어진 조화 백합이 솜씨 좋게 그 안에 꽂혀 있다. 보아하니

이 백합은 꽃잎만 아직 무사했다면 지금도 그 카페 테이블에 장식되어 있을 게 틀림없

다. 마지막으로 그 찬장 위 벽에는 전부 잡지 표지인 듯한 그림이 핀으로 서너 장 꽂

혀 있다. 제일 가운데 있는 것은 가부라기鏑木清方 기요카타의 겐로쿠元禄 시대 여자 그림이고, 그

아래 조그마하게 붙어 있는 것은 라파엘의 마돈나인지 뭔지 같다. 그런가 하면 겐로

쿠 여자 위에서는 기타무라北村 시카이四海의 여자 조각상이 옆에 있는 베토벤에게 뚝뚝 떨어

질 듯한 추파를 던지고 있다. 다만 이 베토벤은 그냥 오기미 씨가 베토벤이라고 생각

할 뿐이지 실은 미국 대통령 우드로 윌슨이라서, 기타무라 사카이에 대해서도 지극히

딱한 마음이 드는 것을 금할 길 없다.

이렇게 말하면 오기미 씨의 취미생활이 얼마나 예술적 색채가 풍부한 것인가, 묻지

않아도 이미 밝혀졌다고 생각한다. 또 실제로 오기미 씨는 매일 밤늦게 카페에서 돌아

오면 꼭 이 베토벤 alias 윌슨 초상화 아래서 「불여귀」를 읽거나 조화 백합을 바라보

거나 하면서 新派悲劇 신파비극 활동사진의 달밤 장면보다도 센티멘털한 예술적 감격에 빠져드

는 것이다.

벚꽃이 한창인 어느 밤, 오기미 씨는 홀로 책상을 마주하고 거의 첫 닭이 울 무렵까

지 복숭앗빛을 띤 편지지에 부지런히 펜을 놀렸다. 그러나 다 쓴 편지지 한 장이 책

상 밑에 떨어져 있었다는 사실을 아침이 되어 카페로 출근한 뒤에도 끝끝내 오기미 씨

는 눈치 채지 못한 모양이다. 그리고 창문으로 흘러든 봄바람이 그 편지지 한 장을 뒤

집어 샛노란 무명 덮개를 씌운 거울이 두 개 나란히 있는 사다리 계단 아래까지 날

려 떨어뜨렸다. 아래층 미장원 여자는 빈번하게 오기미 씨 앞으로 연애편지가 온다는

사실을 잘 알고 있었다. 그래서 이 복숭앗빛을 띤 편지지도 아마 그중 한 장일 것이

라 여기고 호기심에 일부러 찬찬히 읽어보았다. 그랬는데 뜻밖에도 그것은 오기미 씨

의 글씨체 같다. 허면 오기미 씨가 누군가의 연애편지에 답장을 쓴 것인가 하고 보니

「武男 다케오 씨와 헤어지던 때를 생각하면 저는 눈물로 가슴이 미어질 것 같습니다」라고 적혀 있다. 과연 그것은 오기미 씨가 거의 밤을 새우며 浪子 나미코 부인에게 보내는 위로의 편지를 쓴 것이었다. (소설 『불여귀』의 주인공들)

나는 이 에피소드를 쓰면서 오기미 씨의 센티멘털리즘에 미소를 주체할 수 없는 건 사실이다. 하지만 내 미소 속에는 추호도 악의가 들어 있지 않다. 오기미 씨가 있는 이층에는 조화 백합이니 『도손 시집』이니 라파엘의 마돈나 사진 말고도 자취 생활에 필요한 부엌살림이 즐비하다. 그 부엌살림이 상징하는 각박한 도쿄의 실생활은 오늘날까지 몇 번이나 오기미 씨에게 박해를 가했는지 모른다. 그러나 적막한 인생도 뿐연 눈물의 안개를 통해 바라볼 때는 아름다운 세계를 펼쳐 보여준다. 오기미 씨는 그 실생활의 박해에서 벗어나기 위해 이 예술적 감격의 눈물 속으로 몸을 숨겼다. 거기에는 한 달 육 엔 하는 방값도 없거니와 한 되 칠십 전 하는 쌀값도 없다. 카르멘은 전

등값 걱정도 없이 마음 편하게 캐스터네츠를 울린다. 나미코 부인도 고생은 하지만 약

값 마련을 못할 형편은 아니다. 한마디로 말하자면 이 눈물은 人間苦라는 해질 녘 어

둠 속에서 人間愛라는 등불을 조심스레 밝힌다. 아아, 도쿄 거리의 소음도 완전히 어

디론가 사라져버리는 한밤중, 눈물 젖은 눈을 들어 침침한 십 촉 전등 아래 홀로 즈시(逗子)

의 바닷바람과 코르도바의 협죽도(夾竹桃)를 꿈꾸는 오기미 씨의 모습을 상상——씨발, 악의

가 없기는 고사하고 까딱하면 나까지 센티멘털해지겠군. 원래 세상 비평가들한테 인

정머리 없다고 욕을 먹는, 꽤나 이지적(理智的)인 이 몸인데.

그 오기미 씨가 어느 겨울 밤 느지막이 카페에서 돌아와 처음에는 여느 때처럼 책상

을 마주하고 『마쓰이 스마코의 일생』인지 뭔지를 읽고 있었으나, 미처 한 페이지를

넘기기도 전에 어찌 된 영문인지 그 책에 금세 정나미가 떨어졌다는 듯 매정하게 방바

닥에 내팽개쳐버렸다. 그런가 싶더니 이번에는 무릎을 옆으로 모으고 앉은 채 책상 위

에 턱을 괴고 벽에 붙은 윌슨——베토벤의 초상화를 싸늘한 시선으로 멍하니 바라보

기 시작했다. 이건 물론 예삿일이 아니다. 오기미 씨는 혹시 그 카페에서 해고당한 것

일까. 그렇지 않으면 오마쓰 씨가 괴롭히는 수법이 한층 악랄해진 것일까. 혹 그 또

한 아니라면 충치라도 욱신거리기 시작한 것일까. 아니, 오기미 씨의 마음을 지배하

고 있는 것은 그런 세속적인 냄새가 물씬한 사건이 아니다. 오기미 씨는 나미코 부인

처럼, 혹은 마쓰이 스마코처럼 연애로 괴로워하고 있는 것이다. 오기미 씨는

는 누구에게 마음을 기울이고 있는가 하니──다행이 오기미 씨는 벽에 붙은 베토벤

을 바라본 채로 한동안은 꼼짝도 않을 것 같으니까, 그 틈에 나는 서둘러 잠시 그 영

광스러운 연애 상대를 소개하기로 하겠다.

오기미 씨의 상대는 다나카田中라고 하는 자인데, 무명의──쯧, 예술가다. 왜냐하

면 다나카는 시도 짓고 바이올린도 켜고 유화 물감도 좀 다루고 연극에도 나가고

카드歌骨牌빼기도 잘하고, 사쓰마비파薩摩琵琶도 탈 줄 아는 재주꾼이라 어느 것이 본업이고 어느

것이 취미인지 감정할 수 있는 자가 한 사람도 없다. 거기에 인물 또한 얼굴은 배우

처럼 반반, 머리는 유화물감처럼 반드르르, 목소리는 바이올린처럼 나긋나긋, 말투는 시처럼 세련되어 여자를 꼬드길 때는 카드를 빼듯 민첩하고, 돈 떼먹을 때는 사쓰마비파 노래처럼 勇壯活潑 용장활발하기 이를 데 없다. 그게, 챙 넓은 검은 모자를 쓰고 싸구려풍 사냥복을 입고 포도색 보헤미안 넥타이를 묶고——라고 하면 대충 알 만하다. 생각건대 이 다나카 같은 놈은 거의 일종의 타입이기 때문에 간다혼고神田本郷 근처의 바, 카페, 청년회관, 음악학교 음악회(다만 제일 값싼 자리에 한하지만), 술집이나 산카이도三會堂의 전람회 같은데 가면 반드시 두셋쯤은 이런 녀석들이 오만한 눈빛으로 중생을 째려보고 있다. 그러니 이보다 더 명료한 다나카의 초상을 원한다면 그런 장소에 가서 보시라. 내가 쓰는 건 이제 사양한다. 내가 다나카 소개에 열을 올리는 사이에 오기미 씨는 어느새 자리에서 일어나 미닫이를 열고 창밖으로 싸늘한 달밤을 바라보고 있으니까.

기와지붕 위 달빛은 목이 가느다란 유리 화병에 꽂힌 조화 백합을 비추고 있다. 벽에 붙은 라파엘의 작은 마돈나를 비추고 있다. 그리고 또한 오기미 씨의 위로 들린 코

를 비추고 있다. 하지만 오기미 씨의 맑고 깨끗한 눈에는 달빛도 들지 않는다. 서리

가 내린 듯한 기와지붕도 존재하지 않는 것과 매한가지다. 다나카는 오늘밤 카페에서

오기미 씨를 여기까지 바래다주러 왔다. 그리하여 내일 밤에는 둘이서 즐거운 시간을

보내자는 약속까지 했다. 내일은 마침 한 달에 한 번 있는 오기미 씨의 휴일이니 오

후 여섯 시에 오가와마치(小川町)의 전차 정류장에서 만난 다음 시바우라(芝浦)에서 공연 중인 이탈

리아 서커스를 보러 가자는 것이다. 오기미 씨는 오늘날까지 일찍이 남자와 둘이 놀

러 나간 기억 따위 없다. 그래서 내일 밤 다나카와 함께 평범한 세상 연인들처럼 밤의

서커스를 보러 갈 생각을 하니, 새삼스럽게도 심장 고동이 높아진다. 오기미 씨에게

다나카는 보물 동굴 문을 여는 비밀 주문을 알고 있는 알리바바와 다름없다. 그 주문

을 외면 어떤 미지의 환락경(歡樂境)이 오기미 씨 앞에 나타날까──아까부터 달을 바라보면

서 달을 바라보지 않는 오기미 씨가 바람에 넘실거리는 바다와 같이, 혹은 또 이제 막

내달리려고 하는 승합자동차의 모터와 같이, 요동치는 가슴속에 그리고 있는 것은 바

로 이제부터 맞이할 신비한 세계의 환상이었다. 거기에는 장미꽃이 흐드러지게 핀 길

에 양식진주 반지며 모조 비취로 만든 허리띠 장식이 셀 수도 없이 어질러져 있다. 나

이팅게일(밤꾀꼬리)의 고운 소리도 이미 미쓰코시(三越) 백화점 깃발 위에서 꿀방울 뚝뚝 떨

어지듯 들려오기 시작했다. 감람나무 꽃향기 속 대리석으로 쌓은 궁전에서는 이제 곧

미스터 더글러스 페어뱅크스와 모리 리쓰코(森律子) 양의 춤이 드디어 절정에 접어들려는 모

양이다……。

하지만 나는 오기미 씨의 명예를 위해 덧붙이겠다. 그때 오기미 씨가 그린 환상 속

에서는 때때로 어두운 구름의 그림자가, 이 모든 행복을 위협하듯 어쩐지 기분 나쁘게

오가고 있었다. 진정 오기미 씨는 다나카를 사랑하고 있음에 틀림없다. 그러나 그 다

나카는, 실은 오기미 씨의 예술적 감격이 원광(円光)을 얹어준 다나카이다. 시도 썼、바이

올린도 켜、유화 물감도 좀 다뤄、연극에도 나가、카드뽑기도 잘 해、사쓰마비파도 잘

타는 랜슬롯 경이다. 그렇기 때문에 오기미 씨 안에 있는 처녀의 신선한 직관성(直観性)은 어

쩌면 이 랜슬롯 경의 대단히 의심스러운 정체를 감지한 적이 없지도 않을 것이다. 어두운 불안의 구름 그림자는、 이런 때에 오기미 씨의 환상 속을 지나간다. 하지만 유감스럽게도 그 구름 그림자는 나타나자마자 사라져버린다. 오기미 씨는 아무리 어른스럽다고 해도 열여섯인가 열일곱인가 소녀다. 게다가 예술적 감격으로 충만한 소녀다. 옷을 비에 적실 염려가 있거나 라인 강의 석양 그림엽서에 감탄의 소리를 지를 때 말고는 여간해서는 어두운 구름 그림자 따위에 마음을 두지 않는 것도 이상하지 않다. 더군다나 지금은 장미꽃이 흐드러지게 핀 길에 양식진주 반지니 모조 비취 허리띠 장식이니 ── 이하는 앞에 쓴 대로이니 거기를 다시 읽어주길 바란다.

오기미 씨는 오랫동안 샤반Chavannes의 성 주느비에브St. Geneviève처럼 달빛 비친 기와지붕을 바라보며 서 있었지만 열마 안 있어 재채기를 한 번 하더니 창문 미닫이를 탁 닫고는 다시 원래 책상 곁에 다리를 옆으로 모으고 앉아 버렸다. 그로부터 다음 날 오후 여섯 시까지 오기미 씨가 무엇을 하고 있었는지 그 사이의 자세한 소식은 유감스럽지만 나도 모른다. 어째서 作者인 내가 모르는가 하면──솔직히 말해버리자. 나는 오늘 밤 안에 이 소설을 다 써야 하기 때문이다.

다음 날 오후 여섯 시, 오기미 씨는 어설픈 청보랏빛 코트 위에 크림색 숄을 걸치고 평소보다는 들뜬 마음으로, 이미 땅거미에 휘감긴 오가와마치 전차 정류장으로 갔다.

가 보니 벌써 다나카는 언제나처럼 챙 넓은 검은 모자를 눈이 가릴 정도로 깊이 눌러 쓰고 양손 손잡이가 달린 지팡이를 겨드랑이에 낀 채 굵은 줄무늬 반코트 깃을 세우고 빨간 전등이 켜진 아래에서, 틀림없이 서성거리며 기다리고 있다. 하얀 얼굴이 평소보다 더 한층 세련되어 보이고 은은하게 향수 냄새까지 풍기는 꼴로 봐서는, 오늘밤은 특별히 몸치장에 신경을 쓴 모양이다.

『오래 기다리셨어요?』

오기미 씨는 다나카의 얼굴을 올려다보며 숨이 차다는 듯 말했다.

『아아니.』

다나카는 능글맞게 대답을 하면서, 왠지 미심쩍은 미소가 둥둥 뜬 눈으로 지그시 오기미 씨의 얼굴을 바라보았다. 그리고 갑자기 부르르 몸을 한 번 떨더니 『걷자, 조금』 하고 덧붙였다. 아니 덧붙이기만 한 게 아니다. 그때 다나카는 이미 아크등 비치는 오가는 사람 많은 길을, 스다초 쪽으로 걷기 시작했다. 서커스를 하는 곳은 시바우라. 걷는다 해도 여기에서는 간다바시 쪽으로 가야 한다. 오기미 씨는 아직 멈춰 선 채 먼지바람에 펄럭이는 크림색 숄에 손을 얹고,

『그쪽이요?』 하고 이상하다는 듯 말을 걸었다. 하지만 다나카는 어깨 너머로 『응.』 하고 가볍게 대답했을 뿐 여전히 스다초 쪽으로 걸어간다. 그래서 오기미 씨도 달리 방도가 없어 곧바로 다나카 뒤를 따라갔고, 잎을 털어낸 버드나무 가로수 아래를 들뜬 마음으로 함께 걸었다. 그러자 다나카는 그 미심쩍은 미소를 눈 속에 둥둥 띄우고 오기미 씨의 옆얼굴을 살피며 말했다.

『오기미 씨한테는 미안하지만 말야, 시바우라 서커스는 어젯밤으로 끝이 났다고

해. 그래서 오늘밤은 내가 아는 가게에 가서 함께 밥이라도 먹을까 하는 거야.』

『그래요. 전 어느 쪽이든 괜찮아요.』

오기미 씨는 다나카의 손이 슬며시 자기 손을 잡은 것을 느끼며, 희망과 공포에 떨리는 희미한 목소리로 그리 말했다. 그와 동시에 또한 오기미 씨의 눈에는 마치 「불여귀」를 읽었을 때와 같은 감동의 눈물이 북받쳤다. 이 감동의 눈물을 통해 바라본 오가와마치, 아와지초, 스다초 길거리가 얼마나 아름다웠는가는 말할 필요도 없다. 연말 바겐세일 광고 소리, 휘황찬란한 은단 광고, 크리스마스를 축하하는 삼나무 잎 장식, 거미줄처럼 사방으로 내걸린 만국기, 진열창 안의 산타클로스, 노점에 늘어선 그림엽서와 달력──모든 것이 오기미 씨 눈에는 장대한 연애의 환희를 노래하면서 세상 끝까지라도 찬란하게 이어질 것만 같다. 오늘밤만은 하늘의 별빛도 차갑지 않다.

이따금 세차게 부는 먼지바람도 코트자락을 휘감는가 싶더니 금세 봄이 돌아온 듯 따뜻한 공기로 변해버린다. 행복, 행복, 행복……。

그러는 와중 문득 오기미 씨가 정신을 차리니, 둘은 언제 골목으로 접어들었는지 폭

이 좁은 길을 걷고 있다. 그리고 길 오른편에 작은 채소 가게가 한 채 있고 환하게 가

스등을 밝힌 아래에 무, 당근, 배추, 파, 순무, 쇠귀나물, 우엉, 토란, 유채, 땅두

릅, 연근, 감자, 사과, 귤 같은 것이 수북이 쌓여 있다. 그 채소 가게 앞을 지

날 때, 오기미 씨의 시선은 어느 겨울엔지 파 더미에 세운 대나무 팻말 위로 떨어졌

다. 팻말에는 새카맣게 먹으로 쓴 서툰 글씨가 「한 단에 사 전」이라고 적혀 있었다.

온갖 물가가 폭등한 요즘, 한 단에 사 전짜리 파는 좀처럼 없다. 이 저렴한 가격의 팻

말을 보는 동시에, 지금까지 연애와 예술에 취해 있던 오기미 씨의 행복한 마음속에

는, 거기에 숨어 있던 실생활이 별안간 그 게으른 잠에서 깨어났다. 간발의 틈도 없다

는 건 바로 이런 것이다. 장미꽃과 반지와 나이팅게일과 미쓰코시의 깃발은 찰나에 눈

과 마음속에서 사라져 버렸다. 그 대신, 방값, 쌀값, 전등값, 석탄값, 반찬값, 간장

값, 신문값, 화장품값, 전차값──기타 오만 가지 생활비가 과거 고생스러운 경험과

함께 흡사 부나방이 불에 모여들듯 오기미 씨의 작은 가슴속으로 사방팔방에서 때로 몰려온다. 오기미 씨는 엉겁결에 그 채소 가게 앞에 발길을 멈췄다. 그리고 어안이 벙벙해진 다나카를 홀로 뒤에 남겨둔 채 산뜻한 가스등 불빛을 뒤집어쓴 채소 속으로 발을 들여놓았다. 게다가 급기야는 그 가냘픈 손가락을 뻗어 한 단에 사 전이라는 팻말이 서 있는 파 더미를 가리키며 「방랑」이라는 노래라도 부르는 듯한 목소리로, 『저 거 두 단 주세요』 하고 말했다.

먼지바람이 부는 길거리에는 챙 넓은 검은 모자를 쓰고 굵은 줄무늬 반코트 깃을 세운 다나카가 양은 손잡이가 달린 가느다란 지팡이를 겨드랑이에 낀 채 홀로 쓸쓸히 서 있다. 다나카의 상상 속에서는 아까부터 이 동네 변두리에 있는 격자문 집이 떠다니고 있었다. 처마에 「소나무 집」이라는 전등을 내걸고 댓돌이 축축하게 젖은, 날림으로 지은 것 같은 이층집이다. 하지만 이런 길바닥에 서 있자니 그 조촐한 이층집 모습이 묘하게 점점 엷어져 버린다. 그리고 그 뒤로 서서히 한 단에 사 전이라는 팻말을 꽂은 파하게 점점 엷어져 버린다. 그리고 그 뒤로 서서히 한 단에 사 전이라는 팻말을 꽂은 파

더미가 떠오른다. 그러자니 이내 상상은 깨지고 한바탕 먼지바람이 지나가는 동시에

실생활처럼 신랄한, 눈으로 스며들 것 같은 파 냄새가 실제로 다나카의 코를 찔렀다.

『기다리게 해서 죄송해요.』

가엾은 다나카는 세상없이 한심한 눈길로 마치 딴사람이라도 보듯 뚫어져라 오기미

씨의 얼굴을 바라보았다. 머리를 예쁘게 한가운데서 갈라 물망초 꽃핀을 꽂고 코가 조

금 위로 들린 오기미 씨는 크림색 솔을 살짝 턱으로 누른 채 한 손에는 두 단에 팔 전

하는 파를 들고 서 있다. 그 맑고 깨끗한 눈 속에 기쁜 듯 미소가 춤춘다.

드디어 겨우 다 썼군. 이제 날이 새는 것도 시간문제. 밖에서는 추운 듯 닭 울음소

리가 들리지만 기껏 이걸 다 쓰고도 이상하리만치 마음이 울적하니 어찌 된 일인가.

오기미 씨는 그날 밤 아무 일도 없이 또다시 그 미장원 이층으로 돌아왔지만 카페 여

종업원을 그만두지 않는 한 그 후에도 다나카와 둘이서 놀러 나가는 일이 없을 거라고는 말할 수 없다. 그런 때를 생각하면──아니, 그때는 또 그때다. 내가 지금 아무리 걱정한들, 어떻게 될 일이 아니다. 쯧, 이대로 펜을 내려놓자. 그럼 이만, 오기미 씨.

자, 오늘밤도 그날 저녁처럼 들뜬 마음으로 여길 나가서 시원하게──비평가들한테 퇴짜 맞고 오시게나.

1919년 12월

소설 『덤불 속』을 집필할 당시의 모습

藪の中

덤
불
속

감찰사의 질문에 대한 나무꾼의 답변

맞습니다요. 시체를 발견한 건 소인이 틀림없습니다요. 오늘

아침 평소처럼 뒷산에 삼나무를 베러 갔는데 말입죠. 아니 글쎄 산그늘 덤불 속에 그

시체가 있지 뭡니까요. 시체가 있던 자리요? 야마시나(山科) 역로(驛路)에서는 너덧 정(町)쯤 떨어져

있을 겁니다요. 대나무 사이로 앙상한 삼나무가 자라는 인적 없는 곳입지요.

시체는 연푸른색 나들이옷에 도성 사시는 분들이나 쓰는 두건을 쓰고 뒤로 벌러덩

자빠져 있더구먼요. 아시다시피 단칼이지만 가슴을 찔린 상처라, 시체 주변에 있는

대나무 낙엽은 검붉은 물감이 밴 것 같았습죠. 아닙니다요. 피는 이미 멎어 있었습니

다요. 상처 자리도 말라 있는 것 같았는뎁쇼. 게다가 거기에 말파리가 한 마리, 제발

소리도 안 들리는지 상처에 딱 달라붙어 있었습죠.

칼이든 뭐든 안 보였냐굽쇼? 아뇨, 아무것도 없었습니다요. 그저 그 옆 삼나무 밑

동에 밧줄이 한 가닥 떨어져 있었습죠. 그리고——옳거니, 밧줄 말고도 빗이 하나 있

었는데 시체 근처에 있었던 건 그 둘이 전부입니다요. 그런데 풀이며 대나무 낙엽이

온통 짓밟혀 있었으니 분명 그 양반, 죽기 전에 어지간히 거세게 몸부림이라도 쳤던

게 틀림없습니다요. 뭐라굽쇼? 말은 없었냐굽쇼? 거기는 처음부터 말 같은 게 들어

갈 수가 없는 뎁니다요. 일단 말이 다니는 길하고는 덤불숲 하나만큼 떨어져 있으니

말입죠.

감찰사의 질문에 대한 행려승의 답변

죽은 그 남자를 분명히 어제 봤습니다. 어제——어디보자, 아

마 정오쯤이었을 겁니다. 장소는 세키야마에서 야마시나로 가는 도중입니다. 그 남자

는 말에 탄 여자와 함께 세키야마 쪽으로 걸어갔습니다. 여자는 삿갓 천을 늘어뜨리고

있었기 때문에 얼굴은 저도 모릅니다. 아는 것이라고는 그저 긴 덧옷인가의 색깔뿐입

니다. 말은 검붉은 색——틀림없이 중 머리처럼 털이 짧은 말 같았습니다. 여자 키 말

쏨입니까? 넉 자가 넘었던가? 그게, 소승 수행하는 몸인지라 그 부분은 확실하지 않

습니다. 남자는——아니오, 칼도 차고 활과 화살도 지니고 있었습니다. 특히 검게 칠

한 화살통에 화살이 스무 개쯤 꽂혀 있었던 것은 지금도 또렷하게 기억이 납니다.

그 남자가 이렇게 되리라고는 꿈에도 생각지 못했는데, 참으로 사람의 목숨이란 여如 로露 역亦 여如 전電 에 다름없습니다. 쯧쯧, 무어라 말할 길 없이 딱한 일이 생기고 말았습니다.

감찰사의 질문에 대한 나졸羅卒의 답변

제가 잡아 온 녀석 말씀이십니까? 분명히 다죠마루多襄丸라는 유粟田口 명한 도둑놈입니다. 그런데 제가 잡았을 때는 말에서 떨어졌는지, 아와다구치 돌다리 위에서 끙끙 앓고 있었습니다. 시각 말씀이십니까? 시각은 어젯밤 초경初更 무렵입니다. 언젠가 요전에 놓쳤을 때도 지금처럼 파란색 옷에 쇠 장식 달린 칼을 차고 있었습니다. 지금은 그것 말고도 보시다시피 활과 화살 같은 것까지 갖고 있습니다. 그렇습니까? 죽은 이가 지니고 있었던 것도──그렇다면 살인을 저지른 것은 이 다죠마루

가 틀림없습니다. 가죽을 덧댄 활, 검은 칠을 한 화살통, 매 깃털 달린 화살이 열일곱 개——이건 모두 죽은 이가 가지고 있던 것이겠지요. 예. 말씀대로 털이 짧고 검붉은 말입니다. 거기서 떨어지다니, 인과응보가 틀림없습니다. 말은 돌다리 조금 못 간 곳 길가에서 기다란 고삐를 질질 끌며 풀을 뜯고 있었습니다.

이 다죠마루란 놈은 洛中 장안에 어슬렁거리는 도둑 중에서도 여자를 좋아하는 놈입니다. 작년 가을 불공을 드리러 왔는지, 鳥部寺라는 절 뒷산에서 아낙네 하나가 어린 몸종과 함께 살해됐는데, 이놈 소행이라나 하는 소문이 있었습니다. 그 검붉은 말에 타고 있던 여자도, 이놈이 그 남자를 죽인 거라면, 어디다 어떻게 했는지 모를 일입니다.

주제넘지만, 그 일도 문초를 해주십시오.

감찰사의 질문에 대한 노파의 답변

예. 저 송장, 우리 딸과 혼인한 제 사위입니다. 하지만 도성 都 사람은 아니고, 와카사에서 若狹 나랏일을 보는 사무라이입니다. 이름은 가나자와 金沢 다케히로, 武弘 나이는 스물여섯입니다. 아닙니다. 성품이 고와서 원한 같은 걸 살 리가 없습니다.

우리 딸 말씀이십니까? 이름은 마사, 眞砂 나이는 열아홉입니다. 사내 못지않을 정도로 기백이 있는 아이였는데, 아직 한 번도 다케히로 말고는 사내를 사귄 적이 없습니다. 가무잡잡하고 왼쪽 눈초리에 까만 점이 있는, 갸름한 얼굴입니다.

사위는 어제 딸과 함께 와카사로 떠났는데, 이런 변을 당할 줄이야……. 이 무슨 업보인지. 하지만 딸은 어찌 되었는지……. 사위 일은 체념했다 해도, 딸만큼은 걱정이 되어 견딜 수가 없습니다. 부디 이 늙은이 일생의 소원이니, 설령 초목을 다 헤집어서라도, 딸의 행방을 찾아주십시오. 뭐니 뭐니 해도 미운 것은 그 다죠마루인지 뭔지 하는 도둑놈입니다. 사위도 모자라 딸까지……. (이후에는 그저 울기만 할 뿐, 말이 없음)

다죠마루多襄丸의 자백

그 사내를 죽인 건 나요. 그렇지만 계집은 죽이지 않았수다.

그럼 어디로 간 거냐고? 그걸 내가 아나. 아이고, 좀 기다려 보쇼. 아무리 고문을 해도 모르는 일을 불 수는 없잖아. 게다가 이렇게 된 마당에 비겁하게 숨길 마음도 없고.

어제 정오 조금 지나서 저 부부를 만났수다. 그때 바람이 불어 삿갓에 늘어뜨린 천이 올라갔는데, 계집 얼굴이 언뜻——보인다 싶은 찰나에 다시 가려졌지만. 그 탓도

조금 있겠지. 내 눈에는 그 계집 얼굴이 보살처럼 보였수. 나는 그 눈 깜짝할 사이에,

설령 사내는 죽인다 해도 계집은 빼앗아야겠다고 결심했수다.

아니 뭘, 사람 하나 죽이는 거, 당신네 나리님들이 생각하는 것처럼 대단한 일이 아

니야. 어차피 계집을 겁탈하려면 사내는 꼭 죽여야 하거든. 보통 난 사람을 죽일 때

허리에 찬 칼을 쓰지만, 당신네들은 칼은 쓰지 않고 권력으로 죽이고, 돈으로 죽이

고, 아니면 무슨 그럴싸한 말만으로도 죽이잖아? 하긴 피는 안 흘리고 사람은 멀쩡히

살아 있지——하지만 그래도 죽인 거야. 누구 죄가 깊은지 따져 보자면 당신들 쪽이

나쁜가, 내가 나쁜가, 어느 쪽이 나쁜가는 알 수 없다구. (빈정거리는 듯한 미소)

하지만 사내를 죽이지 않고도 계집 맛을 볼 수 있다면 별로 나쁠 건 없지. 아니, 그

때 마음속으로는, 그럴 수만 있다면 사내를 죽이지 않고 계집을 빼앗겠다고 결심했

수. 그렇지만 저 야마시나 역로에서는 도저히 그런 짓을 할 수가 없잖아. 그래서 난

산속으로 부부를 끌어들일 궁리를 한 거야.

그야 어려운 일도 아니지. 난 그 부부와 길동무가 되고 난 다음, 저쪽 산에 오래된 무덤이 있다, 그 무덤을 파 봤더니, 거울이며 칼이 산더미처럼 나왔다, 내가 아무도 모르게 산그늘 덤불 속에, 그것을 묻어 놓았다, 만약 원하는 사람이 있으면 뭐든 헐값에 팔아넘기고 싶다——하는 이야기를 했수다. 사내는 어느새 내 말에 점점 마음이 동하기 시작했고. 그리고——어때, 욕심이란 게 무섭지? 그리고 반 시간도 채 안 되어

그 부부는 나랑 같이 산길로 말을 몰았던 거요.

나는 덤불숲 앞에 와서, 보물은 이 안에 묻어 놨으니 보러 가자고 했어. 사내는 욕심에 목이 말라 있었으니 딴소리를 할 턱이 없었지. 하지만 계집은 말에서 내리지 않고 기다리겠다잖아. 뭐 덤불이 우거진 걸로 봐서는, 그렇게 말하는 것도 무리는 아니지. 나는 이 역시도, 솔직히 말하면, 예상대로 들어맞은 거라, 계집 혼자 남겨둔 채 사내와 덤불 속으로 들어갔수다.

덤불숲은 한동안은 대나무만 **빽빽**해. 그러나 반 정쯤 간 곳에, 조금 트인 삼나무숲

이 있는데——해치우기에 이만큼 좋은 데도 없지. 나는 덤불을 헤치면서 보물은 삼나무 밑에 묻어 놨다고, 그럴싸한 거짓말을 했수. 사내는 그 말을 듣고 비쩍 마른 삼나무가 듬성듬성 보이는 쪽으로 더욱 열심히 걸어갔지. 그러는 사이, 대나무가 드물어지고, 삼나무가 몇 그루나 늘어선——난 거기에 도착하자마자 느닷없이 상대를 깔아 눕혔어. 사내도 칼을 차고 있었으니, 힘깨나 쓸 것 같았지만, 불시에 기습을 당한 터라 맞설 재간이 없었었겠지. 순식간에 삼나무 밑동에 묶여 버린 거야. 밧줄? 밧줄은 도둑인 덕에, 언제 담을 넘어야 할지 모르니 허리춤에 늘 매달고 다녔지. 물론 소리를 지르지 못하게끔 대나무 낙엽을 볼이 미어지도록 처넣으면 별로 성가실 일도 없고.

난 사내를 해치우고, 이번엔 또 계집이 있는 데로, 남편이 급한 병을 일으킨 것 같으니 보러 오라고 말하러 갔수. 이 또한 내 의도대로 맞아 떨어진 건 말할 것도 없어. 그 계집은 삿갓을 벗은 채, 내 손에 이끌려 덤불숲 깊이 들어왔지. 그런데 거기 와서 보니 남편이 삼나무 둥치에 묶여 있는 거야.——계집은 그걸 보자마자 어느 틈에 품에서 꺼냈는지 번쩍 하고 단도를 뽑지 뭐유. 나는 여태껏 그 정도로 성질이 드센 년은 한 번도 본 적이 없어. 만약 그때 잠깐 방심했더라면 한칼에 옆구리에 구멍이 났을 거야. 아니, 몸을 홱 돌려 겨우 피하긴 했지만 죽어라고 찌르며 달려드는 바람에 어떤 상처를 입을지도 몰랐어. 하지만 나도 명색이 다죠마루, 어찌저찌 칼도 뽑지 않고 결국 단도를 쳐 떨어뜨렸지. 아무리 드센 년이라도 무기가 없으면야 별수 없다구. 나는 드디어 생각대로, 사내 목숨을 뺏지 않고 계집을 맛볼 수 있었수다.

사내 목숨을 뺏지 않고도——그래. 나는 그 상황에서도 사내를 죽일 마음은 없었어. 그래서 엎어져 울고 있던 계집을 뒤로 하고, 덤불숲 밖으로 도망치려고 했는데, 아 이년이 갑자기 내 팔에 실성한 것처럼 매달리잖아. 게다가 드문드문 부르짖는 걸 들으니 당신이 죽든가 남편이 죽든가, 누구 하나는 죽어 달라, 사내 둘에게 치욕을 당한 게 죽기보다 괴롭다고 하는 거야. 아, 그러면서 누가 됐든 살아남은 사람하고 같이 살고 싶다——헐떡대면서 그렇게도 말했어. 나는 그때 맹렬하게, 저놈을 죽이고 싶은

생각이 들었수다. (음울한 흥분)

이렇게 말하면 분명 내가 당신네들보다 잔혹한 인간으로 보이겠지. 하지만 그건 당신들이 그년 표정을 못 봐서 그래. 특히 그 짧은 순간, 타오르는 듯한 눈동자를 못 봐서 그렇다구. 나는 그 계집하고 눈이 마주쳤을 때, 설령 벼락을 맞아 죽더라도 이 년을 마누라 삼고 싶다고 생각했어. 마누라 삼고 싶다――그때 내 마음속에 있던 것은, 단지 그거 한 가지뿐이야. 그건 당신네들 생각처럼 천한 색욕이 아니야. 만약 그때 색욕 말고 아무것도 바라는 게 없었다면 난 그년을 차버리고 분명 내뺐겠지. 그러면 내 칼에 그 사내 피를 묻히지는 않았겠지. 하지만 어둑어둑한 덤불숲 속에서, 지그시 그년 얼굴을 바라본 순간, 나는 저 사내를 죽이지 않는 한, 여기를 뜨지 않겠다고 각오했수.

그렇지만 사내를 죽이더라도 비겁한 방법으로 죽이고 싶지는 않았어. 나는 사내를 묶은 밧줄을 풀고 칼로 하자고 했지. (삼나무 밑에 있던 건 그때 떨어뜨린 밧줄이고) 사내는 안

색이 바뀌더니 커다란 칼을 뽑아들더군. 그리고 말도 없이 분노하며 나한테 덤벼들었

어.──그 칼싸움이 어찌 되었는가는 말할 것까지도 없을 거야. 내 칼은 스물세 합째

에 상대의 가슴을 꿰뚫었수다. 스물세 합째에──아무쪼록 그건 잊지 마쇼. 난 지금

도 그것만은 대단하다고 여기고 있으니까. 이 몸하고 스무 합이나 칼을 맞댄 자는 천

하에 그 사내 하나뿐이야. (쾌활한 미소)

나는 사내가 쓰러짐과 동시에 피로 물든 칼을 거두고 계집 쪽을 돌아봤어. 그랬더니

──어떻게 된 건지 어디에도 없는 거야. 나는 그녀이 어디로 튀었는지, 삼나무숲 사

이를 뒤져 봤어. 하지만 대나무 낙엽 위에는 이렇다 할 흔적조차 남아 있지 않았지.

또 귀를 기울여 봐도, 들리는 건 그저 사내 목에서 나는, 숨넘어가는 소리뿐이었어.

어쩌면 그녀은 내가 칼싸움을 시작하자마자 남의 도움이라도 청하려고 덤불을 헤치

고 달아났을지도 모른다──나는 그렇게 생각하고, 이번에는 내 목숨이 목숨인지라,

칼하고 활, 화살을 빼앗고는 당장에 아까 전 산길로 나왔지. 거기에는 아직 계집이 타

고 있던 말이 조용히 풀을 뜯고 있었어. 그 후 일은 말해야 입만 아프고. 다만 도성으로 들어오기 전에 칼은 벌써 팔아 치웠수다. 내 자백은 여기까지유. 어차피 한 번은 나무 꼭대기에 매달릴 목이라 생각하고 있었으니, 부디 극형에 처해 주쇼.(의기양양)

기요미즈데라(清水寺)로 간 여자의 참회

——그 파란 옷을 입은 놈은 저를 욕보이고 나서 묶여 있던 남편을 바라보며 조롱하듯 웃었습니다. 남편은 얼마나 분했을까요. 그러나 아무리 몸부림을 쳐도 온몸에 묶인 밧줄은, 더 바싹바싹 파고들 뿐입니다. 저는 무의식중에 남편쪽으로 구르듯 뛰어갔습니다. 아니, 뛰어가려고 했습니다. 하지만 그놈은 순식간에 저를 발로 차서 쓰러뜨렸습니다. 바로 그 순간, 저는 남편의 눈 속에 무어라 말할

길 없는 빛이 어려 있음을 깨달았습니다. 무어라 말할 길 없는——저는 그 눈을 떠올리면 지금도 몸이 떨려 견딜 수가 없습니다. 말 한 마디조차 할 수 없는 남편은 그 찰나의 눈빛으로 모든 마음을 전했던 것입니다. 하지만 거기에 번뜩이고 있던 것은 분노도 아니고 슬픔도 아닌——그저 저를 경멸하는 차가운 빛이 아니겠습니까. 저는 그놈 발에 채인 것보다도 남편의 그 눈빛에 두들겨 맞은 것처럼, 그만 저도 모르게 뭐라 비명을 지르고는 급기야 정신을 잃고 말았습니다.

그러다 가까스로 정신을 차리고 보니, 파란 옷을 입은 놈은 이미 어디론가 가버렸습니다. 제 뒤에는 여전히 삼나무 둥치에 남편이 묶여 있을 뿐이었습니다. 저는 대나무 낙엽 위로 겨우 몸을 일으키고는 남편 얼굴을 살폈습니다. 그러나 남편의 눈빛은 조금도, 그전과 다르지 않았습니다. 역시 차가운 경멸 저편에 증오의 빛을 내뿜고 있었습니다. 수치스러움, 슬픔, 분노——그때 제 심정은 뭐라고 말해야 좋을지 모르겠습니다. 저는 비틀비틀 일어서면서 남편 곁으로 다가갔습니다.

　『여보, 이제 이렇게 된 이상, 당신과는 함께 살 수 없어요. 저는 눈 딱 감고 죽을 생각입니다. 하지만——하지만, 당신도 죽어 주세요. 당신은 저의 치욕을 보셨습니다. 저는 이대로 당신 혼자, 남겨둘 수는 없습니다.』

　저는 있는 힘을 다해 그렇게까지 말했습니다. 그러나 남편은 더럽다는 듯 저를 노려보기만 할 뿐이었습니다. 저는 찢어질 듯한 가슴을 억누르며 남편의 칼을 찾았습니다. 하지만 그 도둑놈에게 빼앗긴 것이겠지요. 칼은 물론, 활도, 화살조차도 덤불 속에는 없었습니다. 그러나 다행히 단도만은 제 발치에 떨어져 있었습니다. 저는 그 단도를 치켜들고 다시 한 번 남편에게 이렇게 말했습니다.

　『그럼, 목숨을 내어 주세요. 저도 곧 뒤따르겠습니다.』

　남편은 이 말을 듣자, 가까스로 입술을 움직였습니다. 물론 입 안에 대나무 낙엽이 가득 들어 있어서 목소리는 조금도 들리지 않았습니다. 그러나 저는 그것을 보고 금세 무슨 말인지 알아차렸습니다. 남편은 저를 경멸하면서 『죽여라』하고 그 한 마디 말을 한 것입니다. 저는 거의 비몽사몽간에 남편의 연푸른색 나들이옷 가슴팍에 푸욱 단도를 찔러 넣었습니다.

저는 그때도 또 정신을 잃고 말았던 모양입니다. 간신히 주위를 둘러보았을 때는, 남편은 몸이 묶인 채로 이미 숨이 끊어져 있었습니다. 그 창백한 얼굴 위로는 대나무가 섞여 있는 삼나무 숲 하늘에서 석양빛이 한줄기 내려와 있었습니다. 저는 울음을 삼키며 시체를 묶은 밧줄을 풀었습니다. 그리고——그리고 제가 어떻게 했느냐고요? 더 이상은 말씀드릴 힘도 없습니다. 아무튼 저는 아무리 해도 죽어 버릴 기력도 없었습니다. 단도로 목을 찌르기도 하고 산자락 연못에 몸을 던지기도 하고 별별 짓을 다 해봤지만, 죽지 못해 이러고 있으니 이것도 자랑은 못 되는군요. (허무한 미소) 저처럼 한심한 년은 대자대비大慈大悲하신 관세음보살님도 포기하셨을지 모릅니다. 하지만 남편을 죽인 저는, 도둑놈에게 몸이 더럽혀진 저는, 대체 어찌해야 좋을지요. 대체 저는——저는——。 (갑자기 거세게 흐느낀다)

무녀(巫女)의 입을 빌린 혼령의 이야기

——도둑놈은 아내를 범하고 나서, 그 자리에 앉은 채 이리저리 아내를 달래기 시작했다. 나는 물론 말을 할 수 없다. 몸도 삼나무에 묶여 있다. 그러나 나는 그 사이 몇 번이나 아내에게 눈짓을 했다. 그놈이 하는 말을 곧이듣지 마라, 무슨 소릴 해도 거짓이라고 생각해라——나는 그런 뜻을 전하고 싶었다. 하지만 아내는 맥없이 대나무 낙엽 위에 앉아서 가만히 무릎만 쳐다보고 있다. 그게 아무리 봐도 도둑놈 말을 귀여겨듣는 것처럼 보이는 게 아닌가! 나는 질투심에 치를 떨었다. 그러나 도둑놈은 잇따라 교묘한 이야기를 하고 있다. 한 번이라도 몸을 더럽히게 되면 남편과는 사이좋게 지낼 수 없다, 그런 남편과 사는 것보다 내 마누라가 될 생각은 없는가, 나는 당신이 너무나 사랑스러운 나머지 이런 엄청난 짓까지 저지른 것이다.

―급기야 도둑놈은 대담하게도 그런 말까지 꺼냈다.

도둑놈에게 그런 말을 듣자, 아내는 넋을 잃고 고개를 쳐들었다. 나는 아직껏 그때

처럼 아름다운 아내를 본 적이 없다. 그러나 그 아름다운 아내는, 지금 묶여 있는 나

를 앞에 두고 무어라 도둑놈에게 대답을 했던가! 나는 중유(中有)를 헤매고 있지만, 아내의

대답을 떠올릴 때마다 분노에 타오르지 않을 수가 없다. 아내는 분명히 이렇게 말했

다.―『그럼 어디로든 데려가 주세요.』(긴 침묵)

아내의 죄는 그것뿐만이 아니다. 그것뿐이었다면 이 어둠 속에서 지금처럼 괴로워

하지는 않을 것이다. 아내는 꿈을 꾸듯 도둑놈 손에 이끌려 덤불숲 밖으로 나가려다,

불현듯 안색을 바꾸더니 삼나무에 묶인 나를 가리켰다. 『저 사람을 죽이세요. 저 사

람이 살아있으면 저는 당신과 함께 살 수 없어요.』―아내는 정신이 나갔는지 몇 번

이나 그렇게 소리를 질러 댔다. 『저 사람을 죽이세요.』―그 말은 폭풍처럼, 지금

도 머나먼 어둠 저편으로 나를 거꾸러뜨리려 한다. 한 번이라도 이토록 가증스러운 말

이 인간의 입에서 나온 적이 있을까. 한 번이라도 이토록 저주스러운 말이 인간의 귀에 닿은 적이 있을까. 한 번이라도 이토록——。(갑자기 솟구치는 듯한 조소) 그 말을 들은 순간에는, 도둑놈조차 낯빛이 하얘지고 말았다. 『저 사람을 죽이세요.』——아내는 그렇게 소리를 지르면서 도둑놈의 팔에 매달려 있다. 도둑놈은 가만히 아내를 바라볼 뿐, 죽인다고도, 죽이지 않는다고도 답하지 않는다——하는 순간, 아내는 대나무 낙엽 위로, 단 한 번의 도둑놈 발길질에 쓰러졌다.(재차 솟구치는 듯한 조소) 도둑놈은 말없이 팔짱을 끼고 내게로 눈길을 돌렸다. 『저년을 어떻게 할 작정이냐? 죽일까, 아니면 살려 줄까? 대답은 그저 고개를 끄덕이기만 하면 돼. 죽일까?』——나는 그 말만으로도 도둑놈의 죄는 용서해주고 싶다.(다시 긴 침묵)

그년은 내가 망설이는 틈에 뭔가 한마디 부르짖더니, 순식간에 덤불숲 깊은 곳을 향해 뛰기 시작했다. 도둑놈도 즉시 달려갔지만 옷자락도 잡지 못한 모양이다. 나는 그저 덧없이 그 광경을 바라보고 있었다.

도둑놈은 그녀이 도망친 후 칼이며 활을 집어 들고, 꼭 한 가닥, 나를 묶은 밧줄을 끊었다.

『다음엔 내가 죽게 생겼군.』——나는 도둑놈이 덤불숲 밖으로 모습을 감출 때 그렇게 중얼거렸던 것을 기억한다. 그 후에는 온통 고요했다. 아니, 아직 누군가 우는 소리가 난다. 나는 밧줄을 풀면서 가만히 귀를 기울였다. 하지만 그 소리도, 정신을 차리고 보니 내가 울고 있는 소리가 아닌가!(세 번째 긴 침묵)

나는 가까스로 삼나무 둥치에서 지쳐버린 몸을 일으켰다. 내 앞에는 그녀이 떨어뜨린 단도가 하나 빛나고 있다. 나는 그것을 집어 들고, 단칼에 내 가슴에 꽂았다. 뭔가 비릿한 덩어리가 내 입으로 북받쳐 오른다. 그러나 고통은 조금도 없다. 단지 가슴이 차가워지고, 한층 주위가 조용해졌다. 아아! 이렇게 고요할 수가! 이 산그늘 덤불 숲 위 하늘로는 작은 새 한 마리도 지저귀러 오지 않는다. 그저 삼나무와 대나무 가지 끝에 쓸쓸한 햇빛이 감돌고 있다. 햇빛이——그것도 점점 희미해진다——이제 삼나무

염불 속

도대나무도 보이지 않는다. 나는 그곳에 쓰러진 채 깊은 정적에 둘러싸여 있다.

그때, 누구인가 살금살금 내 곁으로 온 자가 있다. 나는 그쪽을 보려고 했다. 그러나 내 주위에는 어느새 옅은 어둠이 자욱하다. 누군가—— 그 누군가는 보이지 않는 손으로 가만히 가슴에 꽂힌 단도를 뽑았다. 동시에 내 입 안에는 다시 한 번 피가 넘쳐 흐른다. 나는 그것을 끝으로 영원히 중유(中有)의 어둠으로 가라앉고 말았다……。

1921년 12월

삶의 유일한 안식처였던 아들과 함께

흰둥이

一.

어느 봄 늦은 오후입니다. 흰둥이라는 개가 땅바닥을 쿵쿵거리며 한적한 길거리를 걷고 있었습니다. 좁은 길 양쪽으로는 산울타리가 이어지고, 또 그 산울타리 사이에는 드문드문 벚꽃도 피어 있습니다. 흰둥이는 산울타리를 따라가다가 문득 어떤 골목으로 들어갔습니다. 그런데 골목에 들어서자마자 정말로 깜짝 놀라 우뚝 멈춰 섰습니다.

그것도 무리는 아닙니다. 그 골목 저 앞에 덧옷을 걸친 개장수가 하나, 그물을 뒤로 숨긴 채 검은 개 한 마리를 노리고 있습니다. 게다가 검은 개는 아무것도 모르고 개장

수가 던져 준 빵인지 뭔지를 먹고 있는 겁니다. 그런데 흰둥이가 놀란 이유는 그뿐만

이 아닙니다. 낯선 개라면 모르겠지만, 지금 개장수가 노리고 있는 것은 옆집에서 기

르는 검둥이 입니다. 매일 아침 얼굴을 마주칠 때마다 서로 코 냄새를 맡는 단짝친구

검둥이 말입니다.

흰둥이는 저도 모르게 『검둥아! 위험해!』 하고 소리치려 했습니다. 그러나 그

순간에 개장수가 흘끗 흰둥이에게 눈짓을 했습니다. 「알려 주기만 해 봐! 네 놈먼저

그물로 잡을 테니.」──개장수의 눈에는 그런 협박이 또렷하게 비쳐 있었습니다. 흰둥

이는 너무너무 무서운 나머지 엉겁결에 짖는 것도 잊어버리고 말았습니다. 아니, 잊

어버리기만 한 게 아닙니다. 잠시도 가만히 있지 못할 만큼 겁이 난 것입니다. 흰둥이

는 개장수를 쳐다보며 슬금슬금 뒷걸음질 치기 시작했습니다. 그렇게 다시 산울타리

뒤로 개장수의 모습이 사라지자마자 불쌍한 검둥이를 두고 쏜살같이 도망쳤습니다.

그 순간 그물을 던졌을 겁니다. 연이어 요란스레 검둥이가 짖는 소리가 들렸습니

다. 그러나 흰둥이는 발걸음을 돌리기는커녕 발을 멈출 기색도 없습니다. 진창을 뛰어넘고, 돌을 차고, 통행금지 밧줄 밑을 스치고, 쓰레기통을 엎으며 뒤돌아보지도 않고 계속 도망쳤습니다. 보세요. 언덕을 내달리는 것을! 저런, 자동차에 치일 뻔했습니다! 흰둥이는 지금 목숨을 건지고 싶어 정신이 없는 것일지도 모릅니다. 아니, 흰둥이 귓가에는 아직도 검둥이가 짖는 소리가 파리처럼 윙윙대고 있습니다. 『깽, 깽.

살려 줘! 깨갱, 깽, 깽. 살려 줘!』

二〇

흰둥이는 드디어 헐떡헐떡 주인집으로 돌아왔습니다. 검은 담장 아래 개구멍을 빠져나와 움막을 돌기만 하면 개집이 있는 뒷마당입니다. 흰둥이는

거의 바람처럼 뒷마당 잔디밭으로 뛰어들었습니다. 여기까지 도망쳐 왔으면 이제 그

물을 뒤집어쓸 염려는 없습니다. 게다가 푸릇푸릇한 잔디밭에는 다행히도 아가씨와

도련님도 공 던지기를 하며 놀고 있습니다. 그것을 본 흰둥이의 기쁨을 뭐라 표현해야

좋을까요? 흰둥이는 꼬리를 치며 한달음에 그리로 달려갔습니다.

『아가씨! 도련님! 오늘 개장수를 만났어요.』

흰둥이는 둘을 올려다보며 숨도 쉬지 않고 그렇게 말했습니다. (그렇지만 아가씨나 도

련님은 개가 하는 말을 모르니, 멍멍 하는 소리로 들릴 뿐입니다) 하지만 오늘은 어찌된 일인지 아

가씨도 도련님도 그저 어안이 벙벙하다는 듯 머리도 쓰다듬어 주지 않습니다. 흰둥이

는 이상하게 생각하면서 한 번 더 말했습니다.

『아가씨! 개장수를 아세요? 무서운 놈이라구요. 도련님! 저는 살았지만 옆집

검둥이는 잡혔어요.』

그래도 아가씨와 도련님은 얼굴을 마주볼 뿐입니다. 게다가 두 사람은 조금 있더니

이런 이상한 말까지 합니다.

『누구네 개일까? 하루오.』

『누구네 개지? 누나.』

누구네 개? 이번에는 흰둥이가 어안이 벙벙해졌습니다. (흰둥이는 아가씨와 도련님의 말을 제대로 알아들을 수 있습니다. 우리들은 개가 하는 말을 모르니까 개도 역시 우리들이 하는 말을 알아듣지 못할 거라 생각하지만, 사실은 그렇지 않습니다. 개가 재주를 배울 수 있는 것은 우리가 하는 말을 알아듣기 때문입니다. 하지만 우리는 개가 하는 말을 모르니 어둠 속을 꿰뚫어 본다든가, 희미한 냄새를 맡는다든가, 개가 가르쳐주는 재주는 하나도 배울 수가 없습니다)

『누구네 개냐니, 어떻게 된 거예요? 저라구요! 흰둥이라구요!』

하지만 아가씨는 여전히 꺼림칙하게 흰둥이를 바라보고 있습니다.

『옆집 검둥이랑 형제일까?』

『검둥이 형제일지도 모르겠어.』 도련님도 야구방망이를 가지고 놀면서 심각하게 대답했습니다.

『이 녀석도 온몸이 새까맣잖아』

흰둥이는 갑자기 등짝의 털이 거꾸로 서는 것처럼 느껴졌습니다. 새까매? 그럴리는 없습니다. 흰둥이는 강아지 때부터 우유처럼 흰색이었으니까요. 그런데 지금 앞발을 보니, 아니―앞발만이 아닙니다. 가슴도, 배도, 뒷발도, 우아하게 쭉 뻗은 꼬리도, 전부 냄비 바닥처럼 새까맣습니다. 새까매! 새까매! 흰둥이는 정신이라도 나간 것처럼 뛰어올랐다가 빙글빙글 돌았다가 하면서 죽어라 짖어 댔습니다.

『어머, 어떻게 하지, 하루오? 미친개 같아』

아가씨는 그 자리에 멈춰 선 채 금방이라도 울 것처럼 말했습니다. 그러나 도련님은 용감합니다. 흰둥이는 다짜고짜 왼쪽 어깨를 퍽 하고 야구방망이로 얻어맞았습니다. 흰둥이는 방망이를 피하자마자 아까 왔던 쪽으로 도망쳤습니다. 하지만 이번엔 아까처럼 몇 골목이나 돌아서 도그런가 싶더니 두 번째 방망이가 머리 위로 날아옵니다. 흰둥이는 방망이를 피하자마자

망치지는 않습니다. 잔디밭 밖 종려나무 그늘에는 크림색으로 칠한 개집이 있습니다.

흰둥이는 개집 앞으로 가서 어린 주인들을 돌아보았습니다.

『아가씨! 도련님! 제가 흰둥이예요. 아무리 까매졌어도, 그래도 흰둥이라구요.』

흰둥이의 목소리는 말할 수 없는 슬픔과 분노로 떨리고 있었습니다. 하지만 아가씨와 도련님이 그런 흰둥이의 마음을 알 리가 없습니다. 실제로 아가씨는 얄밉다는 듯이

『아직 저기서 짖고 있네. 정말로 뻔뻔한 들개로구나』하며 발을 구르는 겁니다. 도련님도 ──도련님은 바닥에서 자갈을 줍더니 힘껏 흰둥이에게 던졌습니다.

『이놈! 아직도 꾸물대는구나. 이래도 그럴 테냐? 이래도?』

자갈은 연달아 날아왔습니다. 개중에는 흰둥이의 귀밑을 피가 맺힐 정도로 맞춘 것도 있습니다. 흰둥이는 결국 꼬리를 말고 검정 담장 밖으로 도망쳤습니다. 담장 밖에는 봄 햇살에 은빛 가루를 뒤집어쓴 배추흰나비가 한 마리, 아무 일 없다는 듯 팔랑팔랑 날고 있습니다.

『아아, 오늘부터 떠돌이 개가 되는 건가?』

흰둥이는 한숨을 내쉬며 한동안 전봇대 밑에서 멍하니 하늘을 바라보았습니다.

三。

아가씨와 도련님에게 쫓겨난 흰둥이는 온 도쿄^{東京} 바닥을 어슬렁거렸습니다. 그러나 어디서 뭘 하든 잊을 수 없는 것은, 새까맣게 변해버린 모습입니다. 흰둥이는 손님 얼굴을 비추는 이발소 거울이 무서웠습니다. 비 개인 하늘을 비추는 길가 웅덩이도 무서웠습니다. 새로 돋은 이파리를 비추는 길가 진열창도 무서웠습니다. 아니, 카페 테이블 위 흑맥주를 담은 컵조차——하지만 그게 뭐라고요. 저 자동차를 보세요. 네, 저 공원 밖에 세워 놓은 까만 자동차요. 까맣게 광을 낸 자동차의

車體
차체는 지금 이쪽으로 걸어오는 흰둥이의 모습을 비추었습니다. ──선명하게, 거울처럼. 흰둥이의 모습을 비추는 것은 손님을 기다리는 저 자동차처럼 가는 곳마다 있게 마련입니다. 만약 저걸 봤다면 얼마나 흰둥이는 무서워할까요. 자, 흰둥이 표정을 보세요. 흰둥이는 괴롭다는 듯 낑낑대며 곧장 공원 안으로 들어갔습니다.

공원 안에는 플라타너스 어린잎 사이로 살짝 바람이 불고 있습니다. 흰둥이는 고개를 숙인 채 나무 사이를 걸었습니다. 여기엔 다행히 연못 말고는 모습을 비출 것도 눈에 띄지 않습니다. 들리는 것이라고는 백장미에 모여드는 벌 소리뿐입니다. 흰둥이는 평화로운 공원의 분위기에 보기 흉한 검은 개가 된 슬픔도 잠시 잊었습니다. 흰둥이는 하지만 그 행복조차 오 분이나 갔는지 어땠는지 모르겠습니다. 흰둥이는 꿈을 꾸듯 벤치가 늘어서 있는 길로 나왔습니다. 그런데 그 길이 꺾어지는 모퉁이 저편에서 요란스러운 개 소리가 들려왔습니다.

『깽깽, 깽깽. 살려 줘! 깽깽, 깽, 깽. 살려 줘!』

흰둥이는 저도 모르게 몸서리를 쳤습니다. 그 소리는 흰둥이 마음속에, 그 끔찍한 검둥이의 최후를 다시 한 번 떠오르게 했던 것입니다. 흰둥이는 눈을 감은 채 아까 왔던 곳으로 도망치려 했습니다. 하지만 그건 말 그대로 정말 눈 한 번 깜빡할 동안입니다.

흰둥이는 무시무시한 소리로 으르렁대며 뒤돌아섰습니다.

『깽깽, 깽깽. 살려 줘! 깨갱, 깽, 깽, 살려 줘!』

그 소리가 또 흰둥이 귀에는 이렇게 들리는 겁니다.

『깽깽, 깽깽. 겁쟁이가 되지 마! 깨갱, 깽, 깽. 겁쟁이가 되지 마!』

흰둥이는 머리를 낮추고 소리가 나는 쪽으로 달려갔습니다.

그렇지만 그리로 가 봤더니 흰둥이 눈앞에 나타난 것은 개장수 같은 게 아니었습니다. 학교를 마치고 집으로 가는 길인지 교복을 입은 아이 두셋이, 목덜미가 줄에 묶인 갈색 강아지를 질질 끌고 가면서 뭐라고 와글와글 떠들고 있습니다. 강아지는 끌려가지 않으려고 버둥버둥 안간힘을 쓰며 『살려 줘, 살려 줘!』 하고 되풀이하고 있었습니다. 하지만 아이들은 그런 소리에 귀를 기울이는 기색도 없습니다. 그저 웃고, 소리치고, 혹은 강아지 배를 구둣발로 걸어차고만 있습니다.

흰둥이는 조금도 주저하지 않고 아이들을 향해 짖어 댔습니다. 이 갑작스러운 공격에 아이들은 깜짝 놀란 정도가 아닙니다. 또한 실제로 흰둥이 모습은, 불꽃처럼 이글거리는 눈빛이며 날붙이처럼 줄지어 돋은 송곳니며, 당장에라도 물어뜯는 게 아닌가 싶을 정도로 시퍼런 서슬을 풍기고 있는 것입니다. 아이들은 사방으로 흩어져 달아났습니다. 그중에는 너무 당황한 나머지 길가 화단으로 뛰어든 녀석도 있습니다. 흰둥이는 얼마간 쫓아가다가 홱 하고 강아지를 돌아보더니 야단치듯 이렇게 말했습니다.

『자, 날 따라오너라. 너희 집까지 바래다 줄 테니.』

흰둥이는 조금 전 왔던 나무 사이로 질풍처럼 달려갔습니다. 갈색 강아지도 기쁜 듯 벤치 아래를 지나 장미를 흩날리며, 흰둥이에게 지지 않겠다며 뛰어옵니다. 아직 목덜미에 매달린 기다란 줄을 끌면서.

두세 시간이 지난 후, 흰둥이는 허름한 카페 앞에 갈색 강아지와 멈춰 서 있습니다. 낮에도 어두침침한 카페 안에는 벌써 새빨간 전등이 켜졌고, 소리가 갈라지는 축음기에는 유행가 같은 것을 틀어 놓은 모양입니다. 강아지는 마음이 놓인 듯 꼬리를 치며 흰둥이에게 이렇게 말했습니다.

『저는 여기 살아요. 이 다이쇼켄이라는 카페요. ── 아저씨는 어디 사세요?』_{大正軒}

『아저씨? ── 아저씨 집은 아주 먼 마을에 있단다.』

흰둥이는 쓸쓸히 한숨을 쉬었습니다.

『그럼 이제 아저씨는 집에 간다.』

『아아, 잠깐만요. 아저씨네 주인은 엄한가요?』

『주인? 왜 그걸 묻는 거니?』

『만약 아저씨네 주인이 엄하지 않으면, 오늘은 여기서 자고 가세요. 우리 엄마가 제 목숨을 구해주신 보답을 하실 거예요. 우리 집에는 우유며 카레라이스며 비프스테이크며 맛있는 게 많으니까요.』

『고맙다, 고마워. 하지만 아저씨는 일이 있으니 식사는 다음으로 미루자꾸나.──』

그럼 어머님께 잘 말씀드려 다오.』

흰둥이는 잠시 하늘을 바라보고는, 조용히 보도블록 위를 걷기 시작했습니다. 카페 지붕 위로 뜬 초승달도 이제 슬슬 빛을 내고 있습니다.

『아저씨. 아저씨!』

강아지는 슬픈 듯 코를 쿵쿵거렸습니다.

『그럼 이름만이라도 알려 주세요. 제 이름은 나폴레옹이에요. 사람들은 나폴 짱이나 나포, 공_公이라고 불러요.──아저씨 이름은 뭐예요?』

『아저씨 이름은 흰둥이란다.』

『흰둥이──요? 흰둥이라고 하니 이상해요. 아저씨는 온몸이 까맣지 않나요?』

흰둥이는 가슴이 턱 막혔습니다.

『그래도 흰둥이란다.』

『그럼 흰둥이 아저씨라고 할게요. 흰둥이 아저씨. 나중에 꼭 한번 와 주세요.』

『알았다, 나포공. 그럼 이만!』

『안녕히 가세요, 흰둥이 아저씨! 안녕, 안녕!』

四.

그 후로 흰둥이는 어떻게 되었는지──그건 일일이 말하지 않

더라도 여러 신문을 통해 알 수 있습니다. 아마 다들 아실 겁니다. 가끔 위험에 처한

사람 목숨을 구해 준 용맹한 검은 개 한 마리가 있었다는 사실을. 또 한때 「의로운

개」라는 활동사진이 유행했다는 사실을. 그 검은 개가 바로 흰둥이였던 것입니다. 그러

나 불행이도 아직 모르신다면, 부디 다음에 인용한 신문기사를 읽어 주시기 바랍니다.

도쿄 니치니치신문(日日). 지난 18일(5월) 오전 8시 40분, 오우선(奥羽線) 상행 급행열차가 다(田

바타(端)역 부근 건널목을 통과할 때, 건널목 간수(看守)의 과실로 다바타히후미(田端一二三) 사(社)의 사원

시바야마(柴山鉄太郎)의 장남 사네히코(實彦)(4세)가 열차가 지나는 선로 안에 들어가 하마터

면 치일 뻔한 사고가 있었다. 그때 용감한 검은 개 한 마리가 번개처럼 건널목으로 뛰

어들어 눈앞까지 다가온 열차 바퀴로부터 멋지게 사네히코를 구출했다. 이 용감한 검

은 개는 사람들이 웅성이고 있는 사이 어디론가 모습을 감추어 표창을 하고 싶음에도

할 수 없게 된 당국은 크게 난처해하고 있다.

희둥이

도쿄 朝日 아사히신문. 軽井沢 가루이자와에서 피서 중인 미국의 부호 에드워드 버클리 씨 부인

은 페르시아 고양이를 총애하고 있다. 그런데 최근 버클리 씨 별장에 약 2미터 길이

의 구렁이가 나타나 베란다에 있던 고양이를 잡아먹으려 했으나 그때 갑자기 나타난

낯선 검은 개 한 마리가 고양이를 구하러 뛰어들어 20분에 걸친 사투 끝에 구렁이를

물어 죽인 사건이 있었다. 그러나 이 기특한 개가 어디론가 모습을 감추자 부인은 5

천 달러의 상금을 걸고 개의 행방을 수소문하고 있다.

国民 고쿠민신문. 일본 알프스 횡단 중 한때 행방불명되었던 다이이치 第一 고등학교 학생 3

명이 7일(8월) 가미코치 上高地 온천에 도착했다. 일행은 호타카야마 穂高山 와 야리가다케 槍ヶ岳 사이에

서 길을 잃었으며 수일 전 몰아친 폭풍우에 텐트와 식량 등이 유실되어 이미 죽음을

각오한 상태였다고. 그런데 그때 갑자기 검은 개 한 마리가 일행이 헤매고 있던 계곡

에 나타나 안내하듯 앞장서 걷기 시작, 일행은 이 개 뒤를 따라 하루 가량 걸은 끝에 가미코치에 도착할 수 있었다. 한편 개는 눈 아래로 온천 여관의 지붕이 보이자 기쁜 듯 길게 한 번 짖더니 지나온 갈대밭 사이로 몸을 숨겼는데, 일행 모두 그 개가 나타난 것을 신의 가호라고 믿는다는 후문.

時事新報 지지신보。 13일(9월) 名古屋 나고야 시 화재는 사망자가 10여 명에 이르렀으며 橫関 요코제키 나 市長 고야 시장 역시 자녀를 잃을 뻔한 사람 중 하나。 그의 아들 다케노리 武矩 (3세)는 가족의 실수 때문인지 맹렬히 불타는 이층에 남겨져 이미 타 죽었을 거라 예상했으나 갑자기 나타난 검은 개 한 마리가 아이를 입에 물고 탈출, 목숨을 건졌다고。 시장은 이후 나고야 시에 한해 들개 포획을 금지할 계획。

読売 요미우리신문。 小田原町 오다와라마치 공원에서 연일 인기를 모으던 宮城 미야기 순회 동물원의

희둥이

시베리아 늑대가 25일(10월) 오후 2시경 돌연 견고한 우리를 부수고 나와 경비원 2명

에게 부상을 입힌 뒤 하코네(箱根) 방면으로 도주했다. 이에 오다와라 경찰서는 비상동원을

시행, 전 지역에 걸친 경계선을 구축했으며 오후 4시 30분경 늑대는 주지마치(十字町)에 출현

했다. 그때 갑자기 검은 개가 나타나 서로 물고 물리는 싸움을 시작, 검은 개는 악조

건에도 불구 열심히 싸운 끝에 적을 제압하기에 이르렀으며 거기에 경계 중이던 경찰

이 도착, 늑대를 사살하였다. 이 늑대는 루푸스 기간틱스라는 가장 포악한 종이라고.

또한 미야기 동물원주는 늑대의 사살이 부당하다며 오다와라 경찰서장을 상대로 고소

를 제기한다고 으름장을 놓고 있다. 등, 등, 등.

五。

어느 가을 한밤중입니다. 몸도 마음도 지쳐 버린 흰둥이는 주인집으로 돌아왔습니다. 물론 아가씨도 도련님도 이미 잠자리에 들었습니다. 아니, 지금은 누구 하나 깨어 있을 리가 없습니다. 고요한 뒷마당 잔디밭 위에도 그저 높은 종려나무 가지에 하얀 달이 한 조각 떠 있을 뿐입니다. 흰둥이는 옛날 개집 앞에 이슬 젖은 몸을 멈췄습니다. 그리고 외로운 달을 상대로 이렇게 혼잣말을 시작했습니다.

『달님, 달님! 저는 검둥이를 죽게 내버려 뒀어요. 제 몸이 새까맣게 된 것도 아마 그래서인 것 같습니다. 하지만 저는 아가씨와 도련님께 이별을 고한 후로 온갖 위험과 싸웠어요. 그건 첫째로 어쩌다 숯검댕보다 새까만 몸을 보면 겁 많은 제 자신이 부끄

럽다는 마음이 들었기 때문입니다. 그러다 결국엔 새까만 것이 싫어서——이 새까만

저를 죽이고 싶어서 때로는 불 속으로 뛰어들기도 하고, 때로는 늑대와 싸우기도 했답

니다. 하지만 이상하게도 어떤 강적도 제 목숨을 빼앗지 못했어요. 죽음도 제 얼굴을

보면 어디로든가 도망치는 겁니다. 저는 마침내 너무나 괴로운 나머지 스스로 목숨을 끊

겠다고 결심했습니다. 목숨을 끊는다 해도, 딱 한 번 뵙고 싶은 건 예뻐해 주신 주인

님이에요. 물론 아가씨와 도련님은 내일이라도 제 모습을 보면, 분명 또 들개라고 여

기실 거예요. 어쩌면 도련님의 야구방망이에 맞아 죽을지도 모르지요. 하지만 그래도

괜찮아요. 달님, 저는 주인님 얼굴을 보는 것 말고는 아무것도 바라는 게 없

어요. 그래서 오늘 밤 먼 길도 마다 않고 다시 한 번 여기로 돌아왔습니다. 부디 날이

밝는 대로 아가씨와 도련님을 만나게 해 주세요.』

흰둥이는 혼잣말이 끝나자 잔디밭에 턱을 깔고 어느새 깊이 잠들어 버렸습니다.

『깜짝이야, 하루오.』

『어떻게 된 일이지, 누나?』

흰둥이는 어린 주인 목소리에 퍼뜩 눈을 떴습니다. 그랬더니 아가씨와 도련님이 개 집 앞에 서서 신기한 듯 얼굴을 마주보고 있습니다. 흰둥이는 눈을 들어 한번 올려다 보고는 다시 잔디밭 위로 눈을 내리깔았습니다. 아가씨와 도련님은 흰둥이가 새까맣 게 변했을 때도 역시 지금처럼 놀랐습니다. 그때의 슬픔을 생각하면——이제 와서 흰 둥이는 돌아온 것을 후회했습니다. 그런데 그 순간입니다. 도련님이 갑자기 뛰어오르 며 큰 소리로 이렇게 외쳤습니다.

『아빠! 엄마! 흰둥이가 다시 돌아왔어요!』

흰둥이? 흰둥이는 무심결에 벌떡 일어섰습니다. 그러자 도망이라도 친다고 생각했던 거겠지요. 아가씨는 두 손을 뻗으며 흰둥이의 목을 단단히 잡았습니다. 동시에 흰둥이는 아가씨의 눈을 쳐다보았습니다. 아가씨의 검은 눈동자에 또렷하게 개집이 비쳐 보입니다. 높다란 종려나무 그늘 밑에 크림색 개집이——그런 건 당연히 그대로입니다. 하지만 그 개집 앞에는 쌀알만큼 작게, 새하얀 개가 한 마리 앉아 있습니다. 말끔하고, 늘씬한.——흰둥이는 그저 황홀한 표정으로 그 개의 모습을 넋을 잃고 바라보았습니다.

『어머, 흰둥이가 울어!』

아가씨는 흰둥이를 끌어안은 채 도련님 얼굴을 올려다보았습니다. 도련님은——보세요, 도련님이 큰소리치는 것을!

『쳇, 누나도 울면서!』

1923년 7월

소설 『톱니바퀴』 집필 당시(사진 촬영 3개월 후 자살)

齒車

톱
니
바
퀴

一。레인코트

　나는 어느 지인의 결혼 피로연에 참석하기 위해 가방을 하나 들고 도카이도(東海道) 깊숙한 곳에 있는 피서지에서 어느 정차장(停車場)을 향해 자동차로 달렸다. 자동차가 다니는 길 양쪽은 정말이지 소나무만 무성했다. 상행열차 시간에 댈 수 있을지 어떨지 상당히 의심스러웠다. 자동차에는 마침 나 말고 어느 이발소 주인도 함께 타고 있었다. 그는 대추처럼 통통하게 살이 찐, 짧은 턱수염의 소유자였다. 나는 시간을 걱정하면서 가끔 그와 이야기를 했다.

　『이상한 일도 다 있지요. ××씨 집에는 낮에도 유령이 나온다는데.』

『낮에도 말입니까?』

나는 겨울 석양이 비치는 저쪽 소나무 숲을 바라보며 적당히 맞장구를 치고 있었다.

『하긴 날씨가 좋은 날에는 안 나온다고 합니다. 제일 많이 나오는 건 비 오는 날이라고 하지만요.』

『비 오는 날 비 맞으러 오는 건가요?』

『농담이시겠죠. 하지만 레인코트를 입은 유령이라던데.』

자동차는 경적을 울리며 어느 정차장 옆에 멈췄다. 나는 이발소 주인과 헤어져 정차장 안으로 들어갔다. 그랬더니 예상대로 상행열차는 이삼 분 전에 막 출발한 참이었다. 대합실 벤치에는 레인코트를 입은 남자가 혼자 멍하니 밖을 바라보고 있었다. 지금 막 들은 유령 이야기가 떠올랐다. 하지만 약간 멋쩍은 웃음을 짓고는 아무튼 다음 열차를 기다리기 위해 정차장 앞 카페에 들어가기로 했다.

그건 카페라고 이름을 지은 것부터가 의문에 가까운 카페였다. 나는 구석 테이블에 앉아 코코아를 한 잔 주문했다. 테이블을 덮은 오일클로스는 흰 천에 가느다란 파란 선으로 체크무늬를 넣은 것이었다. 그러나 이미 구석구석 더럽혀진 천이 드러나 있다. 나는 아교 냄새가 풍기는 코코아를 마시며 인기척 없는 카페 안을 둘러보았다. 먼지 낀 카페 벽에는 「닭고기 계란덮밥」이며 「커틀릿」이라고 적힌 종이가 몇 장이나 붙어 있었다.

「이 고장 달걀로 만든 오믈렛」

이런 종이를 보니 이곳이 도카이도 선에 인접한 시골임이 느껴졌다. 보리밭이나 양배추밭 사이로 전기 기관차가 다니는 시골이었다.

다음 상행열차를 탄 것은 이미 해 질 녘에 가까운 무렵이었다. 나는 평소 이등석에 탄다. 하지만 뭔가 사정상 그때는 삼등석에 타기로 했다.

기차 안은 제법 북적북적했다. 게다가 내 앞뒤에 있는 것은 오이소인가 어딘가로 소풍을 갔던 소학교(小学校) 여학생들뿐이었다. 나는 담배에 불을 붙이면서 이 여학생 무리를 바라보고 있었다. 아이들은 모두 쾌활했다. 뿐만 아니라 거의 수다쟁이였다.

『사진사 아저씨, 러브 신이 뭐예요?』

마찬가지로 소풍에 동행한 듯한, 내 앞에 있던 「사진사 아저씨」는 대충 어물어물 넘어가고 있었다. 그런데 열네댓 먹은 여학생 하나는 끈질기게 이런저런 것을 물었다. 나는 문득 그 아이 코에 축농증이 있음을 느끼고 왠지 미소 짓지 않을 수 없었다.

그리고 또 내 옆에 있던 열두셋 먹은 한 여학생은 젊은 여교사의 무릎 위에 앉아 한 손으로 그녀의 목을 끌어안은 채, 다른 한 손으로는 그녀의 볼을 어루만지고 있었다. 더구나 누군가와 이야기를 하는 중간중간 이렇게 여교사에게 말했다.

『예뻐요, 선생님은. 눈이 예뻐요.』

아이들은 나에게 여학생보다는 어엿한 여자라는 느낌을 주었다. 사과를 껍질째 깨 문다든가, 캐러멜 종이를 벗기는 것만 빼면. 하지만 다른 아이들보다 나이가 위인 듯 한 한 여학생은 내 옆을 지나가면서 누군가의 발을 밟았는지 『죄송합니다』 하고 말

했다. 그 아이만은 다른 아이들보다 조숙했지만, 오히려 나에게는 여학생답게 보였

다. 나는 담배를 문 채, 이 모순을 느낀 나 자신을 냉소(冷笑)하지 않을 수 없었다.

어느새 전등을 켠 기차는 이윽고 어느 교외의 정차장에 닿았다. 나는 바람이 차가운

플랫폼에 내려 한 번 다리를 건넌 다음 국철 전동차가 오기를 기다리기로 했다. 그런

데 우연히 얼굴을 마주친 것은 어느 회사에 다니고 있는 T였다. 우리는 전동차를 기

다리는 동안 불경기 등등에 관해 이야기했다. T는 물론 나보다 이런 문제에 정통했

다. 그러나 억센 그의 손가락에는 불경기와는 그다지 어울리지 않는 터키석 반지가 끼

워져 있었다.

『굉장한 걸 끼고 있군.』

『이거? 하얼빈에 장사를 하러 갔던 친구가 억지로 판 거야. 그녀석도 지금은 다

죽어 가. 협동조합하고 거래를 못 하게 됐거든.』

우리가 탄 국철 전동차는 다행스럽게도 기차만큼 혼잡하지는 않았다. 우리는 나란

히 앉아 여러 가지 이야기를 했다. T는 바로 이번 봄에 파리에 있는 근무처에서 막 도쿄로 돌아온 참이었다. 그래서 우리는 파리 이야기를 주로 했다. 카요 부인(재무장관 남편의 비리를 폭로하려던 신문사 직원을 사살한 사건) 이야기, 게 요리 이야기, 외유 중인 어느 귀족 이야기……。

『프랑스는 의외로 어렵지는 않아. 단지 원래 프랑스인이라는 놈들은 세금을 내기 싫어하는 민족이라 내각은 언제나 쓰러지지만……。

『그래도 프랑스는 폭락하잖아』

『그건 신문을 보면 그렇지. 하지만 그쪽에 가서 보라구. 신문에서 일본에 관한 건 지진이나 대홍수뿐이라니까.』

그때 레인코트를 입은 남자 하나가 우리 맞은편으로 와 앉았다. 나는 조금 섬뜩한 느낌이 들어 왠지 전에 들었던 유령 이야기를 T에게 하고 싶어졌다. 하지만 T는 그 보다 먼저 지팡이 손잡이를 획 왼쪽으로 돌리며 얼굴은 앞을 향한 채 작은 소리로 내게 말했다.

『저기 여자 하나 있지? 회색 숄을 걸친……。』

『저 서양식으로 머리 한 여자?』

『그래. 보따리 안고 있는 여자 말이야. 저 여자, 지난 여름에는 가루이자와(일본의 軽井沢 여름 휴양지)에 있었어. 조금 세련된 양장 차림으로.』 洋装

그러나 그녀는 누가 봐도 초라한 행색임에 틀림없었다. 나는 T와 이야기를 하면서 살짝 그녀를 쳐다보았다. 그녀는 왠지 미간으로 미치광이 분위기가 나는 표정을 짓고 있었다. 거기에 또 보자기 밖으로 표범 가죽 비슷한 해면이 비어져 나와 있었다. 海綿

『거기에 있을 때는 젊은 미국인과 춤을 추고 있었나? 모던걸, 뭐라 하던데.』

레인코트를 입은 남자는 내가 T와 헤어질 때는 어느새 거기에 없었다. 나는 국철 전동차의 어떤 정차장에서 내려 역시 가방을 늘어뜨린 채 한 호텔로 걸어갔다. 길 양쪽에 늘어선 것은 대부분 커다란 빌딩이었다. 나는 그 길을 걷는 동안 문득 소나무 숲

이 생각났다. 뿐만 아니라 내 시야 안에서 묘한 것을 발견했다. 묘한 것? ──그것은 끊임없이 돌아가는 반투명한 톱니바퀴였다. 나는 이런 경험을 전에도 몇 번인가 했다. 톱니바퀴는 점점 수가 불어나 절반쯤 내 시야를 가려 버리지만, 그렇게 오래 가는 건 아니고, 잠시 후에는 사라져 버리는 대신, 다음에는 두통이 느껴지기 시작한다.

──이는 언제나 마찬가지였다. 안과 의사는 이 착각(?)을 구실로 종종 내게 금연을 지시했다. 그러나 이러한 톱니바퀴는 내가 담배와 친하지 않던 스물 이전에도 보이지 않은 건 아니었다. 나는 또 시작이구나 생각하고 왼쪽 눈의 시력을 시험하기 위해 한 손으로 오른쪽 눈을 가려 보았다. 왼쪽 눈은 역시 아무렇지도 않았다. 하지만 오른쪽 눈꺼풀 안쪽에서는 톱니바퀴가 몇 개씩이나 돌고 있었다. 나는 오른쪽 빌딩들이 차차 사라져 버리는 것을 보면서 부지런히 길을 걸어갔다.

호텔 현관으로 들어갔을 때는 톱니바퀴도 이미 사라져 버렸다. 하지만 두통은 아직 남아 있었다. 나는 외투와 모자를 맡기는 김에 방도 하나 잡기로 했다. 그리고 어느 잡지사로 전화를 걸어 돈 문제에 대해 상의했다.

결혼 피로연 만찬은 이미 시작된 모양이었다. 나는 테이블 구석에 앉아 나이프와 포크를 움직이기 시작했다. 정면의 신랑이나 신부를 비롯해 요凹字모양 테이블에 붙어 앉은 오십 명 남짓한 사람들은 물론 모두 쾌활했다. 그렇지만 내 기분은 환한 전등 빛 아래 점점 우울해질 뿐이었다. 나는 이런 기분에서 벗어나기 위해 옆에 앉은 손님에게 말을 걸었다. 그는 마치 사자처럼 흰 구레나룻을 기른 노인이었다. 뿐만 아니라 나도 이름을 알고 있는 유명한 한학자였다. 따라서 우리 이야기는 어느새 고전으로 빠지고 말았다.

『기린은 다시 말하면 일각수지요. 그리고 봉황도 피닉스라는 새의……。』

이 유명한 한학자는 그러한 나의 이야기에도 흥미를 느끼는 것 같았다. 나는 기계적으로 떠벌이는 동안 점점 병적인 파괴욕을 느껴, 요순을 가공의 인물로 만든 것은 물론, 「춘추」의 저자도 훨씬 뒤인 한대 사람이었다는 말을 했다. 그러자 이 한학자는 노골적으로 불쾌한 표정을 내보이며 내 얼굴을 전혀 쳐다보지도 않고 거의 호랑이가 으르렁대듯 내 이야기를 잘랐다.

『만일 요순도 없었다고 한다면 공자께서 거짓말을 하신 셈이 되네. 성인께서 거짓말을 하실 리가 없잖나.』

나는 물론 입을 다물어 버렸다. 그리고 다시 접시 위에 있는 고기에 나이프와 포크를 대려고 했다. 그런데 작은 구더기가 한 마리, 조용히 고기 가장자리에서 꿈틀거리고 있었다. 구더기는 내 머릿속에 Worm이라는 영어를 떠오르게 했다. 그것은 또 기린이나 봉황처럼 어떤 전설적 동물을 의미하는 말임에도 분명했다. 나는 나이프와 포크를 놓고 어느새 내 잔에 누군가가 샴페인을 따르는 것을 바라보고 있었다.

드디어 만찬이 끝나고, 나는 아까 잡아 둔 내 방에 틀어박히기 위해 인기척이 없는 복도를 걸어갔다. 복도는 나에게 호텔보다는 감옥 같다는 느낌을 주었다. 그러나 다행이도 두통만은 어느 틈엔가 누그러져 있었다.

내 방에는 가방은 물론 모자와 외투도 놓여 있었다. 나는 벽에 걸린 외투를 보고는 내 자신이 서 있는 모습이 연상되어 서둘러 그것을 구석에 있는 옷장 속으로 욱여넣었다. 그리고 거울 앞으로 가서 가만히 내 얼굴을 비추었다. 거울에 비치친 내 얼굴은 피부 밑 뼈대를 드러내고 있었다. 구더기는 이런 내 기억에 갑자기 또렷하게 떠오르기 시작했다.

나는 방문을 열고 복도로 나가 어디로랄 것 없이 걸어갔다. 그러자 로비로 나가는 모퉁이에 녹색 갓을 씌운 키 큰 스탠드 불빛 하나가 유리창에 선명히 비치고 있었다. 그것은 어쩐지 내 마음에 평화로운 느낌을 주었다. 나는 그 앞에 있는 의자에 앉아 이런저런 일을 생각했다. 하지만 거기에도 오 분을 앉아 있을 수가 없었다. 레인코트는 이번에도 또 내 옆에 있는 소파 등받이에 축 늘어진 채 걸려 있었다.

「더구나 지금은 한겨울인데.」

나는 이런 생각을 하면서 다시 한 번 복도를 되짚어 갔다. 복도 구석의 웨이터 대기

소에는 웨이터가 한 명도 보이지 않았다. 그러나 그들이 이야기하는 소리는 언뜻 내 귀를 스치고 갔다. 그것은 무슨 말에 대답하는 All right라는 영어였다. 「올 라이트?」

―― 나는 어느 틈엔가 이 대화가 의미하는 바를 정확히 파악하고 싶어 안달이 났다.

「올 라이트?」 「올 라이트?」 도대체 뭐가 올 라이트란 말인가?

내 방은 물론 쥐 죽은 듯 조용했다. 하지만 문을 열고 들어가기가 묘하게 나는 찜찜했다. 나는 잠시 망설이다가 눈 딱 감고 방으로 들어갔다. 그리고 거울이 보이지 않게 끔 책상 앞 의자에 앉았다. 의자는 도마뱀 가죽에 가까운, 파란 모로코가죽으로 된 안락의자였다. 나는 가방을 열고 원고지를 꺼내, 어떤 단편소설을 이어서 쓰려고 했다. 그러나 잉크를 묻힌 펜은 끝없이 기다려도 움직이질 않았다. 뿐만 아니라 겨우 움직였나 싶더니 똑같은 말만 계속 쓰고 있었다. All right…… All right sir…… All right…….

바로 그때 불현듯 울리기 시작한 것은 침대 옆에 놓인 전화였다. 나는 깜짝 놀라 일어서서 수화기를 귀에 대고 대답했다.

『여보세요?』

『저예요, 저…….』

상대는 누님 딸이었다.

『뭐야? 무슨 일이 있니?』

『네. 저기, 큰일 났어요. 그래서…… 큰일이 나서…… 방금 숙모님께도 전화를 드렸어요.』

『큰일?』

『네. 그러니까 빨리 와 주세요. 빨리요.』

전화는 거기서 끊기고 말았다. 나는 원래대로 수화기를 걸어 놓고 반사적으로 벨을 눌렀다. 그러나 내 손이 떨리고 있음은 나 스스로도 확실히 의식하고 있었다. 웨이터는 좀처럼 오지 않았다. 나는 초조함보다도 고통을 느끼며 몇 번이나 벨을 눌렀다. 마침내 운명이 나에게 가르쳐 준 「올 라이트」라는 말을 이해하면서.

매형은 그날 오후, 도쿄에서 얼마 떨어지지 않은 어느 시골에서 기차에 치어 죽었다. 더구나 계절에 어울리지 않는 레인코트를 몸에 걸치고 있었다. 나는 지금도 그 호텔방에서 전에 쓰던 단편을 계속 쓰고 있다. 한밤중 복도는 아무도 지나가지 않는다. 하지만 이따금씩 문밖에서 날개 치는 소리가 들리기도 한다. 어딘가에 새장 같은 게 있을지도 모르겠다.

二。 복수

나는 이 호텔방에서 오전 여덟 시쯤 눈을 떴다. 그러나 침대를 내려오려고 하자 슬리퍼는 이상하게도 한 짝밖에 없었다. 그것은 요 한두 해 동안 항상 나에게 공포감과 불안감을 주는 현상이었다. 뿐만 아니라 샌들을 한 짝만 신은 그리스 신화 속 왕자를 생각나게 하는 현상이었다. 나는 벨을 눌러 웨이터에게 슬리퍼 한 짝을 찾아 달라고 하기로 했다. 웨이터는 의아한 표정을 지으며 좁은 방 안을 찾아다녔다.

『여기 있었네요. 이 욕실 안에요.』

『어째서 또 그런 데 가 있는 거지?』

『뭐, 쥐일지도 모르죠.』

나는 웨이터가 물러간 후, 우유를 넣지 않은 커피를 마시고 전에 쓰던 소설을 마무리하기 시작했다. 응회암을 사각으로 짜 맞춘 창문은 눈이 쌓인 정원 쪽을 향하고 있었다. 나는 펜을 쉴 때마다 멍하니 그 눈을 바라보곤 했다. 눈은 꽃봉오리가 맺힌 서향나무 아래 도시의 매연으로 더럽혀져 있었다. 그것은 뭔가 내 마음속에 애처로움을 자아내는 풍경이었다. 나는 담배를 피우면서 어느 사이에 펜을 멈춘 채 여러 가지 생각을 하고 있었다. 아내를, 아이들을, 특히 매형을……。

매형은 자살하기 전에 방화 혐의를 받고 있었다. 그 또한 사실 어쩔 수 없었다. 매형은 집이 불타기 전에 집 가격의 두 배짜리 화재보험에 가입해 두었다. 더구나 위증죄를 범했기 때문에 집행유예 중인 몸이었다. 그렇지만 나를 불안하게 한 것은 매형이 자살했다는 사실보다도, 내가 도쿄로 돌아갈 때마다 반드시 불이 타는 장면을 본다는 것이었다. 나는 기차에서 산을 태우는 불을 보거나 혹은 또 자동차 안에서 (그때는 아내와 아이가 함께 있었다) 도키와바시 부근의 화재를 목격하기도 했다. 그것은 매형 집에 불이 나기 전에도 자연히 내게 화재가 있을 거라는 예감을 줄 수밖에 없었다.

『올해 집에 불이 날지도 모르겠어.』

『불길한 소리 마세요. 그래도 불이 나면 큰일이에요. 보험도 제대로 안 들었는데……。』

우리는 그런 이야기를 하곤 했다. 하지만 내 집은 불타지 않고──나는 애써 망상을 밀어젖히고 다시 한 번 펜을 움직이려 했다. 하지만 펜은 아무리 해도 한 줄일망

常磐橋

정 섭게 움직이지 않았다. 나는 결국 책상 앞을 떠나 침대 위에 쓰러진 채 톨스토이의 Polikouchka(폴리쿠슈카)를 읽기 시작했다. 그 소설의 주인공은 허영심과, 병적인 경향과, 명예심이 뒤섞인 복잡한 성격의 소유자였다. 게다가 그의 일생의 희비극悲喜劇은 다소의 수정을 가하기만 하면 내 일생의 캐리커처였다. 특히 그의 희비극 속에서 운명의 냉소를 느낀다는 사실은 점차로 나를 섬뜩하게 만들기 시작했다. 나는 한 시간도 채 지나지 않아 침대 위에서 일어나기가 무섭게 커튼이 드리워진 방 한구석으로 힘껏 책을 내던졌다.

『뒈져 버려라!』

그러자 커다란 쥐가 한 마리 커튼 밑에서 욕실로, 비스듬히 마룻바닥 위를 달려갔다. 나는 한달음에 욕실로 가 문을 열고 안을 뒤졌다. 하지만 흰 욕조 뒤에도 쥐 같은 건 보이지 않았다. 나는 갑자기 으스스해져 황급히 슬리퍼를 구두로 갈아 신고 인기척 없는 복도를 걸어 다녔다.

복도는 오늘도 변함없이 감옥처럼 우울했다. 나는 고개를 늘어뜨린 채 계단을 오르락내리락하는 사이, 어느 틈엔가 주방에 들어와 있었다. 주방은 의외로 환했다. 하지만 한쪽에 늘어선 화덕 몇 개에는 불이 피워져 있었다. 나는 그곳을 지나가면서 하얀 모자를 쓴 요리사들이 차갑게 나를 쳐다보고 있음을 느꼈다. 『신이여, 나를 벌하라. 노여워 말지어다. 아마도 나는 멸망하리니.』——이러한 기도를, 이 순간에는 저절로 내 입술에 올리지 않을 수 없었다.

나는 호텔 밖으로 나와 푸른 하늘이 비치는 눈 녹은 길을 부지런히 걸어 누님 집으로 향했다. 길가 공원 나무들은 모두 가지나 잎이 거무튀튀했다. 뿐만 아니라 한 그루 빠짐없이 마치 우리들 인간처럼 앞과 뒤가 있었다. 그 또한 나에게는 불쾌보다는 공포에 가까운 느낌을 불러일으켰다. 나는 단테의 지옥 속에 나오는 나무가 된 영혼을 떠올리며 빌딩만이 늘어선 전동차 선로 건너편을 걷기로 했다. 그러나 거기도 채 백 미터를 편히 걸을 수가 없었다.

『저기 지나는 길에 실례합니다만……。』

금색 단추가 달린 교복을 입은 스물두셋 정도의 청년이었다. 나는 말없이 그 청년을 쳐다보았고, 그의 코 왼쪽에 점이 있음을 발견했다. 그는 모자를 벗은 채, 머뭇머뭇 나에게 말을 걸었다.

『A 선생님 아니십니까?』

『네。』

『아무래도 그러신 것 같아서……。』

『무슨 일이신가요?』

『아뇨, 그저 뵙고 싶었을 뿐입니다. 저도 선생님 애독자……。』

나는 이미 그때 잠깐 모자를 집어 올리고는 그를 뒤로 하고 걷기 시작했다. 선생님, A 선생님——그건 나한테는 요즘 들어 무엇보다 불쾌한 말이었다. 나는 내가 온갖 죄악을 범하고 있다고 믿고 있었다. 그런데도 그들은 무엇인가를 계기로 나를 선생님이라고 부르고 있었다. 나는 거기에 나를 비웃는 무언가를 느끼지 않을 수 없었다. 무언가를?——그러나 내 물질주의는 신비주의를 거부하지 않을 수 없었다. 나는 바로 삼 개월 전에도, 어느 작은 동인잡지에 이런 글을 발표했다——『나에겐 예술적 양심을 비롯, 어떠한 양심도 없다. 내가 갖고 있는 건 신경뿐이다……』

누님은 세 아이들과 함께 마당 안쪽 가건물에 피신해 있었다. 갈색 종이를 바른 가건물 안은 바깥보다도 추울 지경이었다. 우리는 화로에 손을 쬐면서 이런저런 이야기를 나누었다. 체격이 건장했던 매형은 남보다 배로 홀쭉한 나를 본능적으로 경멸했다. 뿐만 아니라 내 작품이 부도덕하다고 말하고 다녔다. 나는 항상 차갑게 그런 그를 깔보며, 한 번도 허물없이 이야기를 한 적이 없었다. 그러나 누님과 이야기를 하면서, 매형도 나처럼 지옥에 떨어져 있었음을 점차 깨닫게 되었다. 매형은 실제로 침대차 안에서 유령을 봤다더라는 것이다. 하지만 나는 담배에 불을 붙이고 일부러 계속 돈 이야기만 했다.

『아무튼 막다른 판국이고 하니까 뭐든 팔아 버리려고 해.』

『그건 그래. 이 타자기 같은 건 얼마쯤 나갈 거야.』

『응, 그리고 그림도 있고.』

『파는 김에 매형 초상화도 팔까? 하지만 저건…….』

나는 가건물 벽에 걸린 액자도 없는 콩테화 한 장을 보고는 선불리 농담도 할 수 없음을 느꼈다. 기차에 치어 죽은 매형은 얼굴이 완전히 고깃덩이가 되어 콧수염만 조금 남아 있었다고 했다. 이 이야기는 물론 이야기 자체도 섬뜩함에 틀림없다. 그러나 매형 초상화는 어디나 완전히 그려져 있기는 하지만, 콧수염만은 왠지 희미했다. 나는 빛 때문인가 해서 이 콩테화를 여러 위치에서 바라보았다.

『뭐 하는 거야?』

『아무것도 아냐……. 그냥 저 초상화는 입 가장자리만…….』

누님은 잠깐 뒤돌아보면서 아무것도 모르겠다는 듯 대답했다.

『수염만 이상하게 희미한 것 같지?』

내가 본 것은 착각이 아니었다. 그러나 착각이 아니라고 하면──나는 점심상을 차

리기 전에 누님 집을 나오기로 했다.

『그래 마음대로 해.』

『내일이라도 다시 오지…….오늘은 아오야마^{靑山}까지 가야 해서.』

『아아, 거기? 아직 안 좋니?』

『계속 약만 먹고 있어. 수면제만으로도 벅차. 베르날, 노이로날, 트리오날, 누

말…….』

삼십 분쯤 지난 후, 나는 어느 빌딩으로 들어가 승강기를 타고 삼층으로 올라갔다.

그리고 어느 레스토랑의 유리문을 밀고 들어가려고 했다. 그러나 유리문은 움직이지

않았다. 뿐만 아니라 거기에는 「정기휴일」이라고 쓰인 옻칠을 한 팻말도 걸려 있었

다. 나는 끝내 불쾌해져서 유리문 너머 테이블 위에 사과와 바나나를 담아 놓은 걸 보

고서는 다시 한 번 길가로 나가기로 했다. 그러자 회사원 같은 남자가 두 명, 뭔가 쾌활하게 떠들면서 이 빌딩으로 들어가려고 내 어깨를 스치고 지나갔다. 그들 중 한 명은 그 순간에 『초조해서 말이지』 하고 말한 것 같았다.

나는 길거리에 멈춰 선 채, 택시가 지나가기를 기다렸다. 택시는 좀체 오지 않았다. 뿐만 아니라 어쩌다 하면 하필 노란 차였다. (노란 택시는 왠지 나를 교통사고에 말려들게 하는 일이 다반사였다.) 그러다가 나는 재수가 좋은 녹색 차를 발견하여 아무튼 아오야마의 묘지와 가까운 정신병원으로 가기로 했다.

『초조해하다――Tantalizing――Tantalus――Inferno……。』

탄탈루스는 정말로 유리문 너머 과일을 바라본 나 자신이었다. 나는 두 번이나 내 눈에 떠오른 단테의 지옥을 저주하면서, 가만히 운전사의 등을 바라보았다. 그러는 와중에 또 모든 것이 거짓이라는 느낌이 들기 시작했다. 정치, 경제, 예술, 과학――뭐든지 전부 이런 나에게는, 이 무서운 인생을 감추는 잡색 페인트와 다름없었다. 나는 점점 숨이 막히는 느낌이 들어, 택시 창문을 열어젖혔다. 하지만 왠지 심장을 죄는 느낌이 가시지 않았다.

녹색 택시는 드디어 진구마에神宮前로 접어들었다. 거기에는 모某 정신병원으로 들어가는 골목 하나가 있을 터였다. 그러나 그걸 오늘만은 왠지 나는 찾을 수가 없다. 나는 전동차 선로를 따라 몇 번이나 택시를 왕복시킨 후, 결국 단념하고 차에서 내리기로 했다.

나는 간신히 그 골목을 찾아내 진창이 많은 길을 돌아서 갔다. 그런데 어느새 또 길을 잘못 들어 아오야마 장례식장 앞으로 나와 버렸다. 그건 이래저래 십 년 전에 있었던 나쓰메夏目 선생님 고별식 이후로, 문 앞에도 한 번 와 본 적 없는 건물이었다. 십 년 전의 나도 행복하지 않았다. 하지만 적어도 평화로웠다. 나는 자갈을 깐 문 안쪽을 바라보며, 「소세키漱石 산보山房」의 바쇼芭蕉를 생각했고, 왠지 내 일생도 일단락 지어졌음을 느끼지 않을 수 없었다. 뿐만 아니라 이 묘지 앞으로 십 년 만에 나를 데리고 온 그 무엇인가를 느끼지 않을 수도 없었다.

某 정신병원 문을 나선 후, 나는 또 자동차를 타고 그 호텔로 돌아가기로 했다. 그런데 호텔 현관에 내리니 레인코트를 입은 남자 하나가 웨이터와 실랑이를 하고 있었다. 웨이터와? ——아니, 그건 웨이터가 아니라 녹색 옷을 입은 운전사였다. 나는 호텔로 들어가기에는 어쩐지 불길한 느낌이 들어 재빨리 왔던 길을 되돌아갔다.

내가 銀座로 나왔을 때에는 그럭저럭 해 질 녘이 가까운 무렵이었다. 나는 양쪽에 늘어선 가게들이나 어지러운 사람들의 왕래에 한층 더 우울해질 수밖에 없었다. 특히 오가는 사람들이 죄 따위는 모른다는 듯 경쾌하게 걸어 다니고 있는 꼴이 불쾌했다. 나는 희미한 햇빛과 전등 빛이 뒤섞인 길 한복판을, 끝없이 북쪽으로 걸었다. 그때 내 눈을 사로잡은 것은 잡지 등을 쌓아 놓은 책방이었다. 나는 이 책방으로 들어가 멍하니 몇 단인가의 책장을 올려다보았다. 그리고 「그리스 신화」라는 책을 한 권 훑어보기로 했다. 노란 표지로 된 「그리스 신화」는 아이들을 위해 쓴 것 같았다. 그렇지만 우연히 내가 읽은 한 줄은 불현듯 나에게 충격을 주었다.

『가장 위대한 제우스도 복수의 신에게는 못 당합니다……』

나는 이 책방을 뒤로 하고 인파 속을 걸었다. 어느새 구부러지기 시작한 내 등 뒤로, 끊임없이 나를 쫓으며 노리고 있는 복수의 신을 느끼면서……。

三。 밤

나는 마루젠(丸善) 서점 이층에 있는 책장에서 스트린드베르크의 「전설」을 발견하고 두세 페이지씩 훑어보았다. 그것은 나의 경험과 큰 차이가 없는 내용을 쓴 것이었다. 뿐만 아니라 노란 표지로 되어 있었다. 나는 「전설」을 책장에 도로 넣고 이번에는 거의 손 닿는 대로 두꺼운 책을 한 권 끄집어냈다. 그러나 역시 이 책 삽화 중 하나에 우리 인간과 다를 바 없는 눈과 코가 달린 톱니바퀴만 즐비했다. (그것은 어느 독일인이 모은 정신병자의 화집이었다) 나는 어느새 우울한 가운데 반항적 정신이 솟아오름을 느끼고, 궁지에 몰린 도박꾼처럼 닥치는 대로 책을 펼쳐보기 시작했다. 하지만 왠지 어느 책이든 꼭 문장이나 삽화 속에 다소의 바늘을 감추고 있는 것이었다. 어느 책이냐? ——나는 몇 번이나 되풀이해 읽은 『마담 보부아르』를 집었을 때도, 필경 나 자신도 중산 계급인 무슈 보부아르에 다름없음을 느꼈다……。

해 질 무렵 마루젠 이층에는 나 말고는 손님도 없는 것 같았다. 나는 전등불 속에서 책장 사이를 헤매고 다녔다. 그리고 「종교」라는 팻말을 건 책장 앞에 발을 멈추고, 녹색 표지로 된 책 한 권을 눈으로 훑었다. 이 책은 목차 몇 번째인가에 「무서운 네 가지 적——의혹, 공포, 교만, 관능적 욕망」이라는 말을 늘어놓고 있었다. 나는 이러한 단어를 보자마자 한층 반항적인 정신이 솟아남을 느꼈다. 적이라 불리는 그것들은, 적어도 나에게는 감수성이나 이지(理智)의 다른 이름에 불과했다. 그러나 전통적 정신도 근대적 정신처럼 역시 나를 불행하게 만든다는 사실을 나는 견딜 수가 없었다. 나

는 이 책을 손에 든 채, 문득 언젠가 펜네임으로 사용한 「寿陵余子」라는 말을 떠올렸

다. 그것은 邯鄲의 걸음을 배우기 전에 수능의 걸음을 잊어버려, 蛇行匍匐하여 고향

으로 돌아갔다는, 韓非子에 나오는 청년이었다. 오늘의 나는, 누가 봐도 「수능여자」

임에 틀림없다. 그러나 아직 지옥에 떨어지지 않은 내가 그 펜네임을 사용한 이유는

——나는 커다란 서가를 뒤로 하고, 망상을 떨치려 애를 쓰며 마침 맞은편에 있던 포

스터 전람실로 들어갔다. 하지만 거기에서도, 포스터 속에서 성 조지인 듯한 기사가

날개가 달린 용을 찔러 죽이고 있었다. 게다가 그 기사는 투구 아래로 내 敵과 닮은

찌푸린 얼굴을 반쯤 드러내고 있었다. 나는 또 「한비자」에 나오는 「屠龍之技 도룡지기」라는

말이 생각나 전람실을 통하지 않고 폭이 넓은 계단을 내려갔다.

나는 이미 밤이 된 日本橋를 걸으며, 屠龍이라는 말을 계속 생각했다. 그것은 또

내가 갖고 있는 벼루에 새겨진 글귀임에도 분명했다. 그 벼루를 나에게 선물한 것은

어느 젊은 사업가였다. 그는 여러 가지 사업에 실패한 끝에, 결국 작년 말에 파산하고

말았다. 나는 높은 하늘을 올려다보며, 무수한 별빛 중에서 얼마나 이 지구가 작은가 하는 것을――따라서 얼마나 나 자신이 작은가 하는 것을 생각하려고 했다. 그러나 낮에는 맑았던 하늘도 이미 어느새 완전히 흐려져 있었다. 나는 갑자기 무엇인가 나에게 적의를 품고 있음을 느끼고, 전동차 선로 건너편에 있는 어느 카페로 피난(避難)하기로 했다.

그건 「피난」임에 틀림없었다. 나는 이 카페의 장미색 벽에 어쩐지 평화 비슷한 것을 느끼며 제일 안쪽 테이블 앞에 겨우 편안하게 앉았다. 거기에는 다행히 나 말고 두세 명의 손님만 있을 뿐이었다. 나는 코코아 한 잔을 홀짝거리며 보통 때처럼 담배를 피우기 시작했다. 담배는 장미색 벽으로 희미하게 푸른 연기를 피워 올렸다. 이 아름다운 색의 조화도, 역시 나에게는 유쾌했다. 그렇지만 나는 잠시 후, 내 왼쪽 벽에 걸린 나폴레옹 초상화를 보고 슬슬 다시 불안감을 느끼기 시작했다. 나폴레옹은 아직 학생이었을 적에, 그의 지리 노트 끝에 「세인트 헬레나, 작은 섬」이라고 적어 두었다. 그것은 혹 우리가 말하는 것처럼 우연이었는지도 모른다. 그러나 나폴레옹 자신에게도 공포를 불러일으켰다는 것은 확실하다.

나는 나폴레옹을 쳐다보며, 나 자신의 작품을 생각해냈다. 그러자 먼저 기억에 떠오른 것은 「侏儒주유의 말」에 나오는 아포리즘이었다. (특히 「인생은 지옥보다도 지옥적이다」라는 말이었다) 그리고 「地獄變지옥변」의 주인공——요시히데良秀라는 화가의 운명이었다. 그리고······. 나는 담배를 피우며 이런 기억에서 벗어나기 위해 카페 안을 둘러보았다. 내가 여기로 피난했던 것은 오 분도 지나기 전의 일이다. 그러나 이 카페는 짧은 시간 사이에 완전히 모습을 바꾸었다. 그중에서도 특히 나를 불쾌하게 한 것은, 마호가니 비슷한 의자와 테이블이 조금도 주변 장미색 벽과 조화를 이루지 못한다는 것이었다. 나는 또다시 남의 눈에 보이지 않는 괴로움 속으로 빠져드는 것이 두려워 은화銀貨 한 닢을 던지고는 부리나케 이 카페를 나가려고 했다.

『이봐요, 이십 전錢인데요······.』

내가 내준 것은 동화(5전)銅貨였다.

나는 굴욕을 느끼면서, 혼자 길거리를 걷던 중에 문득 소나무 숲 가운데 있는 내 집을 생각했다. 그것은 어느 교외에 있는 내 양부모 집이 아닌, 오직 나를 중심으로 한 가족을 위해 얻은 집이었다. 나는 그럭저럭 십 년 전에도 그런 집에서 살았다. 그러나 어떤 사정으로, 경솔하게도 부모와 함께 살게 되었다. 동시에 또 노예로, 폭군으로, 그리고 힘없는 이기주의자로 변하기 시작했다……

호텔로 돌아온 것은 대충 열 시쯤이었다. 꽤 먼 길을 걸어온 나는 내 방으로 돌아갈 힘도 없어, 굵은 통나무를 태우고 있는 화로 앞의 의자에 앉았다. 그리고 내가 계획하고 있던 長篇(장편)에 관한 생각을 했다. 그것은 스이코부터 메이지明治(메이지)에 이르는 각 시대의 백성을 주인공으로 하고, 대략 삼십 여 편의 단편을 시대순으로 늘어놓은 장편이었다. 나는 불타가 날아오르는 것을 바라보며 문득 宮城(궁성) 앞에 있는 어느 동상을 떠올렸다. 그 동상은 갑옷을 입고 충의의 마음 그 자체인 듯 드높게 말 위에 올라 있었다. 그러나 그의 적이었던 것은——。

『거짓말!』

나는 또 먼 과거로부터 눈앞의 현재로 미끄러져 떨어졌다. 그때 다행히도 우연히 만난 것이 모 선배 조각가였다. 그는 여전히 벨벳 옷을 입고 긴 턱수염을 기르고 있었다. 나는 의자에서 일어나 그가 내민 손을 잡았다. (그것은 내 습관이 아닌, 파리나 베를린에서 반평생을 보낸 그의 습관에 따른 것이다) 하지만 그의 손은 이상하게도 파충류의 피부처럼 축축했다.

『자네, 여기에 투숙하고 있는가?』

『네……。』

『일하러?』

『네……。 일도 하고 있지요。』

그는 물끄러미 내 얼굴을 쳐다보았다. 나는 그의 눈 속에서 탐정에 가까운 표정을 느꼈다.

『어때요, 제 방으로 이야기라도 하러 오심이?』

나는 도전적으로 말을 걸었다. (용기도 없는 주제에 다짜고짜 도전적 태도를 취하는 건 내 나쁜 버릇 중 하나였다) 그러자 조각가는 미소를 지으며 『어디지, 자네 방?』하고 되물었다.

우리는 친구처럼 어깨를 나란히 하고, 조용조용 이야기하고 있는 외국인들 사이를 지나 내 방으로 돌아왔다. 그는 내 방에 들어서자 거울을 뒤로 한 채 앉았다. 그리고 이런저런 이야기를 시작했다. 이런저런 이야기를? ── 하지만 대개는 여자 이야기였다. 나는 죄를 범해 지옥에 떨어진 사람임에 틀림없었다. 그런 만큼 악덕에 관한 이야기는 점점 더 나를 우울하게 만들었다. 나는 일시적 청교도가 되어 그 여자들을 비웃기 시작했다.

『S 양의 입술은. 그건 하도 여러 사람과 키스를 해서……。』

나는 문득 입을 다물고 거울 속 그의 뒷모습을 바라보았다. 귀 바로 아래 노란 고약을 붙이고 있었다.

『하도 여러 사람과 키스를 해서?』

『그런 사람 같긴 해.』

그는 미소를 지으며 끄덕였다. 그가 내심 내 비밀을 알아내기 위해 끊임없이 나를 주시하고 있음을 느꼈다. 하지만 역시 우리의 화제는 여자에서 벗어나지 않았다. 나는 그를 미워한다기보다도 나 자신의 마음이 약한 것이 부끄러워 더더욱 우울해지지 않을 수 없었다.

마침내 그가 돌아간 후, 나는 침대 위에 누운 채 『暗夜行路 암야행로』를 읽기 시작했다. 주인공의 정신적 투쟁 하나하나가 내게는 痛切통절했다. 그 주인공에 비하면 얼마나 내가 바보였는가를 느끼고, 나도 모르게 눈물을 흘렸다. 동시에 또 눈물은 내 마음에 어느새 평화를 가져다주었다. 하지만 그것도 오래는 아니었다. 내 오른쪽 눈은 다시 한 번, 반투명한 톱니바퀴를 느끼기 시작했다. 톱니바퀴는 끊임없이 돌아가며 차차 수가 늘어나고 있었다. 나는 두통이 시작될 것이 두려워 머리맡에 책을 놓은 채, 영 점 팔 그

램의 베로날을 먹고 아무튼 푹 자기로 했다.

그런데 나는 꿈속에서 어느 수영장을 바라보고 있었다. 거기에서는 또 남자 여자 어린애들이 몇 명이나 헤엄을 치거나 자맥질을 하고 있었다. 나는 이 수영장을 뒤로 하고 건너편 소나무 숲으로 걸어갔다. 그러자 누군가 뒤에서 『여보』 하고 내게 말을 걸었다. 나는 잠깐 뒤를 돌아보았고 수영장 앞에 선 아내를 발견했다. 동시에 또 매우 후회스러웠다.

『여보, 수건은요?』

『수건은 필요 없어. 아이들이나 신경 써.』

나는 계속 걷기 시작했다. 하지만 내가 걷고 있는 곳은, 어느새 플랫폼으로 변했다. 시골 정차장인 것 같았는데, 기다란 산울타리가 있는 플랫폼이었다. 거기에는 또 H라는 대학생과 나이 든 여자도 서성거리고 있었다. 그들은 내 얼굴을 보자 앞으로 걸어와 제각각 나에게 말을 걸었다.

『큰 불이 났었어요.』

『저도 겨우 빠져나왔어요.』

나는 그 나이 든 여자가 왠지 본 기억이 있는 것처럼 느껴졌다. 뿐만 아니라 그 여자와 이야기하고 있는 것에 어떤 유쾌한 흥분을 느꼈다. 그때 기차는 연기를 올리며 조용히 플랫폼에 멈춰 섰다. 나는 혼자 이 기차를 타고, 양쪽으로 흰 천을 늘어뜨린 침대 사이를 걸어갔다. 그런데 한 침대 위에 미라에 가까운 발가벗은 여자 하나가 이쪽을 보고 누워 있었다. 그것은 또 내 복수의 여신——어느 미치광이의 딸이 틀림없었다……。

나는 눈을 뜨기가 무섭게 나도 모르게 침대에서 뛰어내렸다. 내 방은 여전히 전등 빛이 환했다. 하지만 어딘가에서 날개 치는 소리와 쥐가 바스락거리는 소리도 들려왔다. 나는 문을 열고 복도로 나가 일전의 화로 앞으로 급히 달려갔다. 그리고 의자에 앉은 채 빈약한 불꽃을 바라보기 시작했다. 그때 흰 옷을 입은 웨이터 하나가 땔감을 넣으러 걸어왔다.

『몇 시지?』

『세 시 반쯤입니다.』

하지만 저쪽 로비 구석에서는 미국인인 듯한 여자 하나가 무슨 책을 계속 읽고 있었

다. 그녀가 입은 옷은 멀리서 봐도 녹색 드레스임이 분명했다. 나는 왠지 구원받았다

는 느낌이 들어 가만히 날이 밝기를 기다리기로 했다. 긴 세월 병고(病苦)에 시달려 온 끝에

조용히 죽음을 기다리는 노인처럼……。

四. 아직?

나는 이 호텔방에서 드디어 단편을 완성시켜 모 잡지사에 보

내기로 했다. 하긴 내 원고료는 일주일치 숙박비에도 못 미쳤다. 하지만 나는 일을 마

첬다는 사실에 만족하고 뭔가 정신적 강장제(強壯劑)를 구하기 위해 긴자의 어느 책방에 가기로 했다.

겨울 해가 비치는 아스팔트 위에는 여기저기 휴지조각이 몇 개 굴러다니고 있었다. 그 휴지조각들은, 빛 때문인지 전부 장미꽃과 꼭 닮았다. 나는 어떤 호의(好意)를 느끼며 그 책방으로 들어갔다. 거기도 여전히 여느 책방보다 더 깔끔했다. 다만 안경을 낀 소녀 하나가 점원과 무슨 이야기를 하고 있는 것이 마음에 걸리지 않는 건 아니었다. 그렇지만 나는 길가에 떨어진 휴지조각 장미꽃이 떠올라 『아나톨 프랑스 대화집(対話集)』과 『메리메 서간집(書簡集)』을 사기로 했다.

나는 책 두 권을 안고 어느 카페로 들어갔다. 그리고 제일 안쪽 테이블 앞에 앉아 커피가 나오기를 기다리기로 했다. 내 맞은편에는 모자지간으로 보이는 남녀 둘이 앉아 있었다. 아들은 나보다도 젊었는데 거의 나와 쏙 닮았다. 뿐만 아니라 그들은 연인 사이처럼 얼굴을 가까이 하고 이야기를 나누고 있었다. 나는 그들을 바라보는 동안, 적어도 아들이 성적(性的)으로도 어머니에게 위안을 주고 있음을 깨달았다. 그것은 나도 경험한 바 있는 친화력의 일례(一例)임이 틀림없었다. 동시에 또한 이승을 지옥으로 만드는 어떤 의지의 일례임에도 틀림없었다. 그러나——나는 또 괴로움에 빠질 것이 두려워, 때마침 커피가 나온 것을 구실로 『메리메 서간집』을 읽기 시작했다. 그는 이 서간집 속에서도 그의 소설 내용처럼 날카로운 아포리즘을 번뜩이고 있었다. 그 아포리즘들은 내 기분을 어느새 쇠처럼 딴딴하게 만들기 시작했다. (이렇게 영향을 쉽게 받는 것도 내 약점 중 하나였다) 나는 커피 한 잔을 다 마신 후, 「뭐든지 덤벼라」 하는 기분이 되어 서둘러 그 카페를 뒤로 하고 떠났다.

나는 길거리를 걸으며 갖가지 진열창을 들여다보았다. 어느 액자 가게 진열창에는 베토벤의 초상화를 걸어 놓았다. 머리칼을 곤두세운 천재다운 초상화였다. 나는 이 베토벤이 우스꽝스럽게 느껴져 견딜 수 없었다······.

그러다 우연히 만난 것은, 고등학교 시절부터 알고 지낸 오랜 친구였다. 대학교 응

용화학과 교수인 이 친구는 커다란 가방을 들고, 한쪽 눈에서 시뻘건 피를 흘리고 있었다.

『어떻게 된 건가, 자네 눈?』

『이거 말인가? 이건 그냥 결막염이야.』

나는 문득 열네댓 해 전부터, 언제나 친화력을 느낄 때마다 내 눈도 그의 눈처럼 결막염을 일으켰던 일을 떠올렸다. 나는 어떤 말도 하지 않았다. 그는 내 어깨를 두드리더니 친구들 이야기를 하기 시작했다. 그리고 이야기를 계속하면서 어느 카페로 나를 데리고 갔다.

『오랜만이야. 주순수朱舜水 비석 건립식 이후로 처음이지?』

그는 담배에 불을 붙인 후, 대리석 테이블 너머에서 그렇게 말했다.

『그렇지. 그 주수……。』

나는 왠지 주순수라는 말을 정확하게 발음할 수 없었다. 그게 우리말인 만큼 약

간 나를 불안하게 했다. 그러나 그는 신경 쓰지 않고 이런저런 이야기를 했다. K라

는 소설가 이야기를, 그가 산 불독 이야기를, 그리고 루이사이트라는 독가스 이야기

를……。

『자네는 전연 글을 쓰지 않는 것 같더군. 「点鬼簿덴키보」라는 건 읽었지만……。 그건

자네 자서전인가?』

『음, 내 자서전이지.』

『그건 좀 병적이었다구。 요즘 몸은 괜찮은가?』

『여전히 약으로 연명하는 신세지.』

『나도 요즘 불면증인데.』

『나도……? 어째서 「나도」라고 하는 거지?』

『그게, 자네도 불면증이라고 하지 않았나? 불면증은 위험하다구……。』

그는 왼쪽만 충혈된 눈으로 미소 비슷한 것을 짓고 있었다. 나는 대답을 하기 전에

「불면증」에서 「증」 발음을 정확히 할 수 없음을 느꼈다.

『정신병자 자식이니 당연한 거지.』

나는 십 분이 지나기도 전에 혼자 다시 길거리를 걸어갔다. 아스팔트 위에 떨어진 휴지조각이 가끔 우리 인간의 얼굴처럼 보이기도 했다. 그러다 맞은편에서 단발머리 여자가 하나 지나갔다. 그 여자는 멀리서 보기에는 아름다웠다. 그렇지만 눈앞으로 다가왔을 때 보니, 잔주름이 많은 데다 추한 얼굴을 하고 있었다. 뿐만 아니라 임신을 한 듯했다. 나는 나도 모르게 얼굴을 돌리고, 넓은 골목길로 들어갔다. 그러나 잠시 걷고 있자니 치질의 고통이 느껴지기 시작했다. 그것은 나로서는 좌욕(坐浴) 말고는 낫지 않는 통증이었다.

『좌욕——베토벤도 역시 좌욕을 했었다……。』

좌욕에 사용하는 유황 냄새는 홀연히 내 코를 덮치기 시작했다. 하지만 물론 길가 어디에도 유황은 보이지 않았다. 나는 다시 한 번 휴지조각 장미꽃을 떠올리며 가능한

한 아무렇지 않게 걸어갔다.

한 시간쯤 지난 후, 나는 내 방에 틀어박힌 채 창문 앞 책상을 마주하고 새로운 소설에 착수했다. 펜은, 내가 생각해도 이상할 만큼 술술 원고지 위를 달려갔다. 그러나 그것도 두세 시간 후에는 누군가 내 눈에 보이지 않는 사람에게 제지라도 당한 것처럼 멈추고 말았다. 나는 할 수 없이 책상 앞을 떠나 이리저리 방 안을 서성였다. 내 과대망상(誇大妄想)은 이럴 때 가장 심하게 나타났다. 나는 야만적 기쁨에 사로잡혀 내게는 부모도 없고 처자도 없으며 다만 나의 펜에서 흘러나온 목숨뿐이라는 심정이 되었다.

하지만 나는 사오 분 후, 전화를 받아야만 했다. 전화는 몇 번 대답을 해도, 그저 뭔가 애매한 말을 되풀이해 전할 뿐이었다. 그러나 그건 좌우지간 『몰』이라고 들린 것이 틀림없다. 나는 결국 전화기에서 떠나, 다시 한 번 방 안을 걷기 시작했다. 그렇지만 『몰』이라는 말만은 이상하게 신경이 쓰여 견딜 수 없었다.

『몰――Mole……』

몰은 두더지라는 의미의 영어였다. 이런 연상조차 내게는 유쾌하지 않았다. 하지

만 나는 이삼 초 후, Mole을 la mort로 고쳐 썼다. 「라 모르」는——죽음이라는 이 프

랑스어는 불현듯 나를 불안하게 했다. 죽음은 매형에게 닥쳐왔듯 내게도 닥쳐오고 있

는 것 같았다. 그렇지만 나는 불안한 중에도 뭔가 우스움을 느꼈다. 뿐만 아니라, 어

느새 미소 짓고 있었다. 이런 우스움은 무엇 때문에 생기는가?——그것은 나 자신도

알 수 없었다. 나는 오랜만에 거울 앞에 서서 정면으로 내 형체와 마주했다. 나도 그

형체도 물론 미소 짓고 있었다. 나는 그 형체를 바라보는 동안 제2의 나를 떠올렸다.

제2의 나——독일인이 말하는 소위 所謂 Doppelgänger는 다행히도 나 자신에게 보인 적은

없었다. 그러나 미국 영화배우가 된 K의 부인은 제2의 나를 帝国劇場 제국극장 복도에서 목격

했다.(나는 밑도 끝도 없이 K의 부인에게 「일전에는 그만 인사도 못 드렸어요」라는 말을 듣고 당혹했

던 일을 기억한다) 그리고 또 이미 고인이 된 어느 외다리 번역가도 역시 긴자의 어느 담

배 가게에서 제2의 나를 목격했다. 죽음은 혹시 내가 아닌 제2의 나에게 올지도 모

른다。만약 또 나에게 온다 하더라도——나는 거울에서 등을 돌리고 창문 앞 책상으로 돌아갔다。

네모나게 응회암을 짜 맞춘 창문으로는 마른 잔디밭과 연못이 보였다。나는 그 정원을 바라보며 멀리 소나무 숲에서 태워 버린 노트 몇 권과 미완성 희곡(戲曲)을 생각해 냈다。

그리고 펜을 집어 들고 또다시 새로운 소설을 쓰기 시작했다。

五。붉은 빛

햇빛은 나를 괴롭히기 시작했다。나는 실제로 두더지처럼 창문 앞에 커튼을 치고 낮에도 전등을 밝힌 채 부지런히 앞서 말한 소설을 계속 써 나갔다。그리고 일에 지치면、테느의 영국문학사를 펼치고 시인들의 생애를 훑어 보았다。

그들은 모두 불행했다. 엘리자베스 시대의 거장들조차——시대의 학자였던 벤 존슨조차, 그의 엄지발가락 위에서 로마와 카르타고 군대가 전투를 시작하는 장면을 보았을 만큼 신경적 피로에 빠져 있었다. 나는 이러한 그들의 불행에 잔혹한 악의로 충만한 기쁨을 느끼지 않을 수 없었다.

동풍이 거셌던 어느 밤, (그것은 나에게는 좋은 징조였다) 나는 지하실을 빠져나와 큰길로 나가서, 어느 노인을 찾아가기로 했다. 그는 모 성경 출판사의 다락방에서 홀로 잔심부름을 하며 기도와 독서에 정진精進하고 있었다. 우리는 화로에 손을 쬐며 벽에 걸린 십자가 아래서 이런저런 이야기를 나누었다. 왜 나의 어머니는 미쳐 버렸는가? 왜 나의 아버지는 사업에 실패했는가? 또 왜 나는 벌을 받았는가?——그런 비밀을 알고 있는 그는 묘하게 엄숙한 미소를 띠며, 끝없이 내 말상대를 해 주었다. 뿐만 아니라 이따금씩 짧은 말로 인생의 캐리커처를 그리곤 했다. 나는 이 다락방의 은둔자를 존경하지 않을 수 없었다. 하지만 그와 이야기하는 동안, 그 또한 친화력을 위해 움직이고 있음을 발견했다.

『그 분재 가게 아가씨는 용모도 출중하고, 마음씨도 곱고──나한테 상냥하게 대해 주더군요.』

『몇 살인데요?』

『올해 열여덟이지요.』

그것은 그에게는 아버지 같은 사랑인지도 몰랐다. 그러나 나는 그의 눈 속에서 정열을 느낄 수 있었다. 뿐만 아니라 그가 권한 사과의 누런 껍질 위에 어느 틈엔가 일각수의 모습이 나타났다. (나는 나뭇결이나 커피 잔의 균열에서 때때로 신화 속 동물을 발견하곤 했다) 일각수는 기린임에 틀림없었다. 나는 어떤 적의를 가진 비평가가 나를 「1910년대의 기린아(麒麟兒)」라고 부른 것이 생각나, 이 십자가가 걸린 다락방도 안전지대가 아님을 느꼈다.

『어떠세요, 요즘?』

『여전히 신경만 까칠해서요.』

『그건 약으로도 안 돼요. 신자가 되실 마음은 없습니까?』

『만약 될 수만 있다면……。』

『아무것도 어려울 거 없어요. 그저 신을 믿고, 신의 아들인 그리스도를 믿고, 그리스도가 행한 기적을 믿기만 하면……。』

『악마를 믿을 순 있겠지만……。』

『그럼 왜 신을 믿지 않는 거지요? 만약 그림자를 믿는다면, 빛도 믿지 않을 수 없겠지요?』

『그러나 빛이 없는 어둠도 있을 겁니다.』

『빛이 없는 어둠이라구요?』

나는 입을 다무는 수밖에 없었다. 그도 또한 나처럼 어둠 속을 걷고 있었다. 그러나 어둠이 있으니 빛도 있을 거라 믿고 있었다. 우리의 논리가 다른 것은 단지 그 점 한 가지뿐이었다. 그러나 그것은 적어도 나에게는 넘을 수 없는 도랑임에 틀림없었다⋯⋯.

『그렇지만 빚은 반드시 있습니다. 그 증거로는 기적이 있잖습니까? ——기적이라

는 것은 지금도 종종 일어나고 있다구요.』

『그게, 악마가 행하는 기적?』

『어째서 또 악마라는 둥 하는 겁니까?』

나는 요 한두 해 동안, 내가 경험한 것을 그에게 이야기하고 싶은 유혹을 느꼈다.

하지만 그에게서 아내와 아이들한테 이야기가 전해져서, 나 역시 어머니처럼 정신병

원에 들어가는 것을 염려하지 않을 수 없었다.

『저기 있는 건 뭐지요?』

이 다부진 노인은 낡은 책장을 돌아보며, 왠지 목양신牧羊神 같은 표정을 지었다.

『도스토예프스키 전집입니다. 「죄와 벌」은 읽어 봤나요?』

나는 물론 십 년 전부터 네댓 권의 도스토예프스키 작품을 접했다. 하지만 우연히

(?) 그가 말한 「죄와 벌」이라는 말에 감동하여 그 책을 빌려 호텔로 돌아가기로 했다. 전등 빛에 반짝이는, 오가는 사람이 많은 길거리는 역시 나한테는 불쾌했다. 특히 아는 사람을 만나게 된다면, 분명 도저히 견딜 수 없을 것이다. 나는 되도록 어두운 길을 골라 도둑처럼 걸어갔다.

하지만 나는 잠시 후, 어느새 위가 아픔을 느끼기 시작했다. 이 통증을 멈추는 약으로는 위스키 한 잔이 있을 뿐이었다. 나는 어느 바를 발견하고 그 문을 밀고 들어가려고 했다. 하지만 비좁은 바 안은, 담배연기가 자욱한 가운데 예술가 같은 청년들이 몇 명이나 무리를 지어 술을 마시고 있었다. 뿐만 아니라 그들 한가운데, 여자 하나가 열심히 만돌린을 연주하고 있었다. 나는 불현듯 당혹감을 느껴 문 안으로 들어가지 않고 뒤돌아섰다. 그러자 어느새 내 그림자가 좌우로 흔들리는 것을 발견했다. 게다가 나를 비추고 있는 빛은 기분 나쁘게도 빨간색이었다. 나는 길에 멈춰 섰다. 그렇지만 내 그림자는 전처럼 끊임없이 움직이고 있었다. 나는 쭈뼛거리며 뒤돌아보고 겨우 이 바

처마에 매달린 색유리로 된 랜턴을 발견했다. 랜턴은 세찬 바람에 천천히 공중에서 움직이고 있었다……。

내가 다음으로 들어간 곳은 어느 지하 레스토랑이었다. 나는 카운터 앞에 서서 위스키를 한 잔 주문했다.

『위스키요? **Black and White**뿐입니다만……。』

나는 소다수에 위스키를 섞어, 말없이 한 모금씩 마시기 시작했다. 내 옆에서는 신문기자 같은 서른 전후의 남자 두 명이 뭔가 작은 소리로 이야기하고 있었다. 뿐만 아니라 프랑스어를 쓰고 있었다. 나는 그들에게 등을 돌린 채 온몸으로 그들의 시선을 느꼈다. 시선은 실제로 전파와도 같이 내 몸에 반응하는 것이었다. 그들은 분명 내 이름을 알고, 나에 대한 이야기를 하는 것 같았다.

『Bien…… très mauvais…… pourquoi?……。』(정말…… 매우 형편없는…… 어째서?……)

『Pourquoi?…… le diable est mort!……。』(왜?…… 악마는 죽었다!……)

『Oui, oui…… d'enfer……』 (그래, 그래…… 끔찍한……)

나는 은화 한 닢을 던져 놓고 (그건 내가 가진 마지막 은화 한 닢이었다) 그 지하실 밖으로 도망치기로 했다. 밤바람이 불고 지나가는 길거리는 다소 위의 통증이 엷어진 내 신경을 든든하게 했다. 나는 라스콜리니코프가 떠올라 모든 것을 참회하고 싶은 욕망을 느꼈다. 하지만 그러면 나 자신 이외의——아니, 내 가족 이외의 사람에게도 비극이 생길 것이 분명했다. 뿐만 아니라 이 욕망조차 진실인지 아닌지 의심스러웠다. 만약 내 신경만 보통 사람처럼 건강해진다면——하지만 나는 그렇게 되기 위해서 어딘가로 가야만 했다. 마드리드로, 리오로, 사마르칸드로……。

그러던 중 어느 가게의 처마에 걸린 하얀 소형 간판이 갑자기 나를 불안하게 했다. 그것은 자동차 타이어에 날개가 달린 상표를 그린 것이었다. 나는 그 상표에서 인공의 날개에 의지했던 고대 그리스인을 생각해 냈다. 그는 공중으로 날아오른 끝에, 태양 빛에 날개가 불타 결국 바다에 빠져 죽었다. 마드리드로, 리오로, 사마르칸드로——

나는 그 꿈을 비웃지 않을 수 없었다. 동시에 또 복수의 신에게 쫓긴 오레스테스를 떠올리지 않을 수도 없었다.

나는 운하를 따라 어두운 길을 걸어갔다. 걸으면서 어느 교외에 있는 양부모 집을 떠올렸다. 양부모는 물론 내가 돌아오기를 기다리며 살고 있을 게 분명하다. 아마 내 아이들도——그러나 나는 거기로 돌아가면 스스로 나를 속박해 버리는 어떤 힘을 두려워해야만 했다. 운하의 물결치는 수면 위에 너벅선 한 척이 대어져 있었다. 또 그 너벅선 바닥에서는 희미한 빛이 새어 나오고 있었다. 거기에도 분명 남녀 몇 명인가 가족이 생활하고 있을 것이다. 역시 사랑하기 위해 증오하면서…… 나는 다시 한 번 전투적 정신을 불러일으키며, 위스키 취기가 오른 채 호텔로 돌아가기로 했다.

나는 다시 책상을 마주하고 메리메 서간집을 이어 읽었다. 그것은 또 어느 틈인지 내게 생활력을 부여했다. 하지만 나는 만년에 메리메가 신교도新教徒가 되었음을 알고 갑자기 뒤에 있는 메리메의 얼굴을 느꼈다. 그 또한 역시 우리와 마찬가지로 어둠 속

達磨船
晚年
新教徒

을 걷고 있는 한 사람이었다. 어둠 속을? ── 『암야행로暗夜行路』는 그런 나에게는 무서운 책으로 변하기 시작했다. 나는 우울憂鬱을 잊기 위해 『아나톨 프랑스 대화집』을 읽기 시작했다. 그러나 이 근대近代의 목양신도 역시 십자가를 지고 있었다……。

한 시간쯤 지난 후, 웨이터는 나에게 우편물 한 뭉음을 전달하러 얼굴을 내밀었다. 그중 하나는 라이프치히의 한 출판사에서 나에게 「근대 일본여성」이라는 소논문小論文을 쓰라는 것이었다. 왜 그들은 특별히 나한테 이런 논문을 쓰게 하는 것일까? 뿐만 아니라 영어로 된 그 편지에는 「우리는 마치 일본 그림처럼 흑과 백 이외에 색채가 없는 여자의 초상화라도 만족한다」고 손으로 직접 쓴 P·S가 덧붙여져 있었다. 나는 이 한 줄에 Black and White라는 위스키 이름이 떠올라 갈기갈기 그 편지를 찢어버렸다. 그리고 이번에는 손에 잡히는 대로 편지 봉투 하나를 뜯어, 노란 편지지 위로 눈을 옮겼다. 이 편지를 쓴 것은 내가 알지 못하는 청년이었다. 그러나 두세 줄 읽기도 전에 「당신의 『지옥변』은……」이라는 말이 내 신경을 건드렸다. 세 번째로 봉투를 뜯

은 편지는 내 조카가 보낸 것이었다. 나는 겨우 한숨 돌리고, 집안일에 관한 문제를 읽

어 내려갔다. 그렇지만 그조차 마지막에 이르자 갑자기 나를 완전히 지치게 만들었다. 복도에는

『歌集 赤光 再版 「가집 「붉은빛」의 재판을 보내 드리오니……。

붉은 빛! 나는 누군가의 냉소冷笑를 느끼고, 내 방 밖으로 피신하기로 했다. 복도에는

사람 그림자도 없었었다. 나는 한 손으로 벽을 짚으며 겨우 로비로 걸어갔다. 그리고 의

자에 걸터앉아 어쨌든 담배에 불을 붙이기로 했다. 담배는 어째서인지 에어십Airship이

었다. (나는 이 호텔에 도착한 이후부터 항상 스타만 피웠다) 인공의 날개는 다시 한 번 내 눈앞

에 떠올랐다. 나는 맞은편에 있는 웨이터를 불러 스타를 두 갑 달라고 했다. 그러나

웨이터의 말을 믿자면, 스타만 공교롭게도 품절品切이었다.

『에어십이라면 있습니다만……。』

나는 고개를 저으며 넓은 로비를 둘러보았다. 내 맞은편에는 외국인 네댓 명이 테이

블에 둘러앉아 이야기를 하고 있었다. 게다가 그들 중 하나──붉은 원피스를 입은 여

자는 작은 소리로 그들과 이야기하면서 이따금 나를 보는 것 같았다.

『Mrs. Townshead……』

뭔가 내 눈에 보이지 않는 것이 그렇게 내게 속삭이고 갔다. 미세스 타운스헤드라는 이름은, 물론 나는 모르는 이름이었다. 설사 저기에 있는 여자의 이름이라 해도──나는 다시 의자에서 일어나 미칠 것 같은 두려움을 느끼며 내 방으로 돌아가기로 했다.

나는 내 방으로 돌아와 곧장 어느 정신병원에 전화를 걸 작정이었다. 하지만 그곳에 들어가는 것은, 나에게는 죽음과 다르지 않았다. 나는 몹시 망설인 끝에 이 두려움을 달래기 위해 『죄와 벌』을 읽기 시작했다. 그러나 우연히 펼친 페이지는 『카라마조프의 형제들』 중 한 구절이었다. 나는 책을 착각했나 생각하여 책 표지로 시선을 떨어뜨렸다. 『죄와 벌』──책은 『죄와 벌』이 틀림없었다. 나는 제본소의 실수에──또그 잘못된 페이지를 펼친 것에 운명의 손가락이 작용했음을 감지하고, 어쩔 수 없이 그 부분을 읽었다. 그렇지만 한 페이지도 읽기 전에 전신(全身)이 떨리는 것을 느꼈다. 그곳

은 악마에게 시달리는 이반을 묘사한 구절이었다. 이반을, 스트린드베르크를, 모파상

을, 혹은 이 방에 있는 나 자신을……。

이런 나를 구원하는 것은 오로지 잠뿐이었다. 그러나 수면제는 어느새 한 봉지도 남

아 있지 않았다. 나는 잠을 이루지 못하고 계속되는 고통을 견딜 수가 없었다. 하지만

절망적인 용기를 내어 커피를 가져오라 하고는 필사적으로 펜을 움직이기로 했다. 두

장, 다섯 장, 일곱 장, 열 장──원고는 순식간에 완성되어 갔다. 나는 이 소설 속 세

계를 초자연적인 동물로 채웠다. 뿐만 아니라 그 동물 중 한 마리로 나 자신의 초상화

를 그렸다. 그렇지만 피로는 서서히 내 머리를 흐릿하게 만들기 시작했다. 나는 결국

책상 앞을 떠나 침대 위에 드러누웠다. 그리고 사오십 분 동안은 잠을 잔 것 같다. 그

러나 또 누군가 내 귀에 이런 말을 속삭이는 느낌이 들어 금세 눈을 뜨고 일어났다.

『Le diable est mort.』 (악마는 죽었다)

응회암 창문 밖으로 어느 틈엔가 쌀쌀한 아침이 오고 있었다. 나는 창문 바로 앞에

서서 아무도 없는 방 안을 둘러보았다. 맞은편 습기 찬 유리창 위에는 자그마한 풍경이 비치고 있었다. 그것은 분명 누런 소나무 숲 너머로 바다가 보이는 풍경이었다. 나는 머뭇머뭇 창문 앞으로 다가갔고, 이 풍경을 만들고 있는 것이 실은 정원의 시든 잔디와 연못이라는 사실을 깨달았다. 하지만 내 착각은 어느새 집에 대한 향수에 가까운 감정을 불러일으켰다.

나는 아홉 시가 되자마자 모 잡지사에 전화를 걸어 이래저래 돈을 융통한 다음, 집으로 돌아가리라 결심했다. 책상 위에 놓인 가방 속에 책과 원고를 쑤셔 넣으면서.

六. 비행기

나는 도카이도선(東海道線) 한 정차장에서 그 안쪽 깊숙한 곳에 있는 어느 피서지를 향해 자동차로 달렸다. 운전사는 왠지 이 추위에 낡은 레인코트를 걸치고 있었다. 나는 그 우연의 일치가 꺼림칙하여 되도록 그가 보이지 않도록 창밖으로 눈길을 돌리기로 했다. 그러자 키 작은 소나무가 자란 저쪽으로──필시 오래된 듯한 길 위로 장례식 행렬이 지나가는 것을 보았다. 흰 창호지를 바른 초롱과 절에서 가져온 등은 그 속에 섞여 있지는 않은 것 같았다. 하지만 금은색 조화(造花) 연꽃은 조용히 상여 앞뒤에서 흔들리고 있었다.

겨우 집으로 돌아온 후, 나는 처자(妻子)와 수면제의 힘으로, 이삼 일은 제법 평화롭게 지냈다. 이층 내 방에서는 소나무 숲 위로 어렴풋이 바다가 보였다. 나는 이층 책상 앞에 앉아 비둘기 소리를 들으며 오전에만 일을 하기로 했다. 새는 비둘기나 까마귀 외에 참새도 툇마루로 날아들곤 했다. 그 또한 내게는 유쾌했다. 「喜雀, 희작, 집에 들다」

——나는 펜을 쥔 채, 그때마다 이런 말을 떠올렸다.

어느 미지근하게 흐린 날 오후, 나는 어느 잡화점으로 잉크를 사러 나갔다. 그런데 그 가게에 있는 것은 세피아 색 잉크뿐이었다. 세피아 색 잉크는 다른 잉크보다도 나를 불쾌하게 만들기 일쑤였다. 나는 어쩔 수 없이 그 가게에서 나와, 사람들의 왕래가 적은 길로 어슬렁어슬렁 혼자 걸어갔다. 그때 맞은편에서 근시로 보이는 마흔 전후의 외국인이 하나 어깨를 으쓱거리며 지나갔다. 그는 여기 살고 있는 피해망상증에 걸린 스웨덴 사람이었다. 게다가 그의 이름은 스트린드베르크였다. 나는 그와 스쳐 지날 때, 육체적으로 뭔가 반응함을 느꼈다.

그 길은 고작해야 이삼백 미터였다. 그러나 그 이삼백 미터를 지나는 동안, 마침 몸의 반쪽만 검은 개가 네 번이나 내 옆을 지나갔다. 나는 골목으로 꺾어지면서 블랙 앤 드 화이트 위스키가 생각났다. 뿐만 아니라 조금 전 스트린드베르크의 넥타이도 검은 색과 흰색이었다는 사실을 떠올렸다. 나는 아무리 해도 우연이라고는 생각할 수가 없었다. 만약 우연이 아니라고 하면——나는 머리만 걷고 있는 것처럼 느껴져, 잠시 길에 멈춰 섰다. 길거리에는 철사 울타리 안에 희미하게 무지갯빛을 띤 유리 화분이 하나 버려져 있었다. 그 화분 밑바닥 언저리에는 날개 같은 모양이 나타나 있었다. 그리로 소나무 가지 끝에서 참새가 몇 마리나 날아왔다. 하지만 화분 근처로 왔다가는, 참 새들은 모두 약속이라도 한 듯 일제히 공중으로 도망쳐 날아갔다.

나는 아내의 친정집으로 가서, 앞마당 등나무 의자에 걸터앉았다. 마당 구석 철망 안에는 하얀 레그혼 종 닭이 몇 마리 조용히 돌아다니고 있었다. 그리고 또 내 발치에는 검은 개 한 마리가 누워 있었다. 나는 누구도 알지 못하는 의문을 풀려 초초해하면서, 아무튼 겉보기만은 차분하게 장모, 처남과 세상 이야기를 했다.

『조용하네요. 여기로 오니까.』

『그야 뭐 도쿄보다는 그렇지.』

『여기도 시끄러운 일은 있겠지요?』

『하기야 여기도 세상인 걸.』

장모는 그리 말하며 웃었다. 사실 이 피서지 또한 「세상」임에 틀림없다. 나는 겨우 일 년 남짓한 동안, 여기에서 얼마나 많은 죄악과 비극이 행해졌는지를 속속들이 알고 있었다. 서서히 환자를 독살하려고 한 의사, 양자 부부 집에 불을 지른 노파, 여동생의 재산을 빼앗으려고 한 변호사——그런 사람들이 사는 집을 바라보는 것은, 내게는 언제나 인생 속에서 지옥을 보는 것과 마찬가지였다.

『이 동네에 정신병자가 한 명 있어요.』

『H 씨 말인가? 그 양반은 정신병자가 아니라구. 바보가 되어 버린 거지.』

『早<ruby>発<rt>発</rt></ruby>性痴<ruby>呆<rt>呆</rt></ruby>
조발성치매(정신분열증)라는 겁니다. 전 그 사람을 볼 때마다 왠지 오싹해져서 참을 수가 없어요. 일전에도 무슨 생각인지 馬頭觀世音 앞에서 절을 하더군요.』

『오싹해졌다니…… 강해져야 되겠어.』

『형님은 우리보다 강하겠지만…….』

수염을 덥수룩하게 내버려 둔 처남도 자리에서 일어선 채, 언제나 그렇듯 조심스럽게 이야기를 거들기 시작했다.

『강한 가운데 약한 부분도 있으니까…….』

『저런. 그거 큰일이구먼.』

나는 그렇게 말하는 장모를 보고, 피식 웃을 수밖에 없었다. 그러자 처남도 미소를 짓고는 멀리 울타리 밖 소나무 숲을 바라보며, 왠지 넋을 놓고 말을 이었다. (병을 앓았던 이 젊은 처남은 종종 내게 육체를 벗어던진 정신 그 자체처럼 보였다)

『묘하게 세상사에 관심이 없는가 하면, 인간적 욕망도 꽤나 강하고…….』

『아니, 착한 사람인가 하면, 나쁜 사람이기도 하고.』

『그럼 어른 속에 어린애도 있겠군.』

『그렇지도 않아. 확실히 말할 수는 없지만…… 전기의 양극(両極)과 비슷하달까? 아무튼 반대되는 면을 함께 갖고 있어.』

그때 우리를 깜짝 놀라게 한 것은 맹렬한 비행기 소리였다. 나는 무의식중에 하늘을 올려다보고, 소나무 가지 끝에 닿을락 말락 솟아오른 비행기를 발견했다. 날개를 노란색으로 칠한 보기 드문 단엽 비행기였다. 닭이며 개는 그 소리에 놀라 각자 사방팔방으로 도망 다녔다. 특히 개는 울부짖으며 꼬리를 말고 마루 밑으로 들어가 버렸다.

『저 비행기, 떨어지진 않을까?』

『괜찮아……. 매형, 비행기 병이라는 거 알아?』

나는 담배에 불을 붙이며 『아니』라고 답하는 대신 고개를 저었다.

『저런 비행기를 타는 사람은 높은 하늘의 공기만 마시기 때문에, 점점 여기 땅 위의 공기를 견딜 수 없게 되어 버린다는데……。』

아내의 친정집을 뒤로 한 후, 나는 나뭇가지 하나 움직이지 않는 소나무 숲 속을 걸으며 서서히 우울해져 갔다. 어째서 그 비행기는 다른 데로 가지 않고 내 머리 위로 지나간 것일까? 또 어째서 그 호텔은 에어십만 팔고 있었을까? 나는 여러 의문에 괴로워하며 인기척 없는 길을 골라 걸어갔다.

바다는 낮은 모래 언덕 너머로 온통 회색으로 흐려 있었다. 또한 그 모래 언덕에는 그네 없는 그넷대 하나가 우두커니 서 있었다. 나는 그 그넷대를 바라보다, 불현듯 교수臺가 생각났다. 실제로 또 그넷대 위에는 까마귀가 두세 마리 앉아 있었는데, 까마귀들은 나를 보고도 날아오를 기색조차 보이지 않았다. 뿐만 아니라 한가운데 앉아 있던 까마귀는 커다란 부리를 하늘로 쳐들고, 분명히 네 번 울었다.

나는 잔디가 시든 모래 둑을 따라 별장이 많은 샛길로 꺾어 들어가기로 했다. 그 샛길 오른쪽으로는 역시 키 큰 소나무 숲 안에 서양식 목조 이층집 한 채가 무심하게 서 있을 터였다. (내 친구는 이 집을 「봄이 머무는 집」이라 불렀다) 하지만 그 집 앞을 지나가니,

거기에는 콘크리트 토대 위에 목욕통이 하나 있을 뿐이었다. 화재――나는 바로 그렇게 생각하고, 그쪽을 보지 않고 걸어갔다. 그러자 자전거를 탄 남자가 곧장 맞은편에서 다가오기 시작했다. 그는 짙은 갈색 사냥모를 쓰고 이상하게 지그시 한 곳을 응시하면서 핸들 위로 몸을 움츠리고 있었다. 나는 문득 그의 얼굴에서 매형의 얼굴을 느끼고, 그가 눈앞으로 다가오기 전에 옆쪽 샛길로 들어가기로 했다. 하지만 그 샛길 한가운데에도 썩은 두더지 사체 하나가 배를 뒤집은 채 굴러다니고 있었다.

무언가가 나를 노리고 있다는 사실이 한 걸음 옮길 때마다 나를 불안하게 만들었다. 거기다 반투명한 톱니바퀴도 하나씩 나의 시야를 가리기 시작했다. 나는 드디어 마지막 때가 다가왔음을 두려워하며, 목줄기를 똑바로 세우고 걸어갔다. 톱니바퀴는 수가 늘어남에 따라 점점 빠르게 돌기 시작했다. 또한 그와 동시에 오른편 소나무 숲은 조용히 가지를 엇갈린 채, 컷글라스를 통해 들여다보는 것처럼 변하기 시작했다. 나는 평소보다 심장 뛰는 소리가 높아짐을 느끼고 몇 번이나 길에 멈춰 서려 했다. 그렇지만 누군가가 떠밀듯 멈춰 서는 것조차 쉽지 않았다······.

삼십 분쯤 지난 후, 나는 이층 내 방에 드러누워 가만히 눈을 감은 채 격심한 두통을 견디고 있었다. 그러자 내 눈꺼풀 뒤로, 은빛 깃털을 비늘처럼 포갠 날개가 하나 보이기 시작했다. 그것은 실제로 망막 위에 선명하게 비치고 있었다. 나는 눈을 떠 천장을 바라보고, 말할 것도 없이 천장에는 그런 것이 없음을 확인한 다음, 다시 한 번 눈을 감기로 했다. 그러나 역시 은빛 날개는 멀쩡히 어두운 가운데 비치고 있었다. 나는 문득 일전에 탔던 자동차의 라디에이터 캡에도 날개가 달려 있던 것을 생각했다.

그때 누군가 계단을 요란스레 올라왔나 싶었는데 곧바로 또 쿵쿵 뛰어 내려갔다. 나는 그 누군가 아내였음을 알고 깜짝 놀라 몸을 일으키자마자 계단 바로 앞에 있는 어둑어둑한 거실로 얼굴을 내밀었다. 그러자 아내는 푹 엎드린 채 숨을 헐떡이는 것 같았는데, 끊임없이 어깨를 떨고 있었다.

『왜 그래?』

『아니, 아무 일도 아니에요.』

아내는 겨우 고개를 들고 억지로 미소를 지으며 말했다.

『아무 일도 아니기는 한데요. 그냥 왠지 당신이 죽어 버릴 것 같은 느낌이 들어서 요……。』

그것은 내 일생 중에서도 가장 무서운 경험이었다……。 나는 이제 그 다음을 계속 쓸 힘이 없다. 이런 감정 속에 살고 있음은 무어라 표현할 수 없는 고통이다.

누구, 나 자는 동안, 가만히 목 졸라 죽여 줄 이 없는가?

1926년 (遺유稿고)

아쿠타가와 류노스케의 묘

大正四年九月二十日印刷
大正四年九月三十日発行

羅生門　定価九八〇〇円

著者　芥川龍之介
仁川広域市南区九月路

発行者　金東槿
仁川広域市南区九月路

印刷者　現文印刷
京畿道高陽市一山東区

発行所　図書出版　牛橋書房
仁川廣域市南區九月路
四〇番道三ー二一番地

三加棟三〇二号

1915년 초판본 오리지널 디자인
아쿠타가와 류노스케 – 나생문(라쇼몽) 外 (한국어판)

Copyright © 2015 by Cow & Bridge Publishing Co. all rights reserved
이 책의 저작권 및 출판권은 도서출판 소와다리가 소유하며 무단복제를 금합니다.

1판 4쇄 2023년 8월 15일

지 은 이   아쿠타가와 류노스케
옮 긴 이   김동근
발 행 인   김동근
발 행 처   소와다리
주   소   인천광역시 남구 구월로 40번길 6-21번지 3가동 302호
대표전화   0505-719-7787
팩시밀리   0505-719-7788
출판등록   제2011-000015호(2011년 8월 3일)
이 메 일   sowadari@naver.com

※잘못 만들어진 책은 구입하신 서점을 통해 바꾸어드립니다.

ISBN 978-89-98046-64-4 (04830)